TAKE
SHOBO

出会ったその日に0日婚!?

捨てられ令嬢は軍人王子の溺愛花嫁

東 万里央

Illustration
サマミヤアカザ

Mitsuneko F

contents

イラスト／サマミヤアカザ

出会ったその日に0《ゼロ》日婚⁉

捨てられ令嬢は軍人王子の溺愛花嫁

第一章　誰でもいいから結婚して！

——結婚。

それは女性がもっとも光輝き、新たな人生のステージに一歩踏み出す、人生における一大イベント……であるはずだ。

だが、今日花嫁となるヴィルヘルミネは、これからの新婚生活に心ときめきもしなければ、感動のあまり胸が一杯になることもなかった。

控え室での最後の待機時間を家族としんみり過ごしもしない。たった一人で鏡台の椅子の前に腰掛け、鏡の中のウェディングドレス姿の自分を睨《にら》み付けている。

ヴィルヘルミネの花嫁姿は実に愛らしかった。

ふわふわと流れ落ちる波打つ見事な金髪に、煙る睫毛《まつげ》に縁取られた若草色の大きな瞳。摘まんだような小さな鼻と桜桃を思わせるピンクの艶やかな唇。ビスクドールを思わせる愛らしい顔立ち——。

だが、視線だけは異様に鋭くギラギラしている。少なくとも、幸せ一杯の十九歳の花嫁がする顔ではない。

「……ここまで来たのよ。もう誰にも文句は言わせないわ」

ヴィルヘルミネは低い声で唸《うな》った。

「あとは私が子どもを産みさえすれば……！」

ヴィルヘルミネは愛だの恋だの、そんな甘っちょろい思いで結婚を決めたわけではなかった。

何せその細い右肩には「お家」、左肩には「存続」がずしりと伸《の》し掛《か》かっている。

亡き父ダミアンと兄デニスのためにも是が非でもハルディン家を維持せねばならなかった。

ヴィルヘルミネはちらりと窓の外に目を向けた。

太陽の位置から見て挙式開始まであと三十分程度。まだ時間があるので、何か飲み物でも頼もうと鏡台の呼び鈴を手に取る。

ところが、いざ鳴らそうとしたところで扉が数度叩《たた》かれた。

「はい」

付き人が迎えに来るには早い。

誰だろうと首を傾《かし》げつつ「どうぞ」と声をかけると、うっすら見覚えのある長身の男性が扉を開け、姿を現したので驚いた。鉄仮面さながらの無表情だったのでぎょっとする。

「ええっと……大変失礼いたします。どなたでしたでしょうか？」

控え室の位置を知っているところからして招待客には違いないだろう。つまり、貴族籍のある者である。

しかし、それ以上の情報がわからない。

一方、男性はなぜか狼狽《うろた》えたような顔になった。

「俺は……」

ほとんど表情は変わっていないように見えて、ごくわずかにだが目が泳いでいるのだ、

「……っ」

ヴィルヘルミネも戸惑いつつも男性を観察した。

いわゆる貴族的な華やかさはなく、硬派かつ実直そうな雰囲気だ。

黄金の飾緒《しょくちょ》のあしらわれた詰め襟の漆黒の正装には、胸にいくつもの勲章がついている。

ということは、まだせいぜい二十代半ばに見えるが、国家に何度も貢献し表彰されたのだろう。

恐らく軍人だと推測する。

理由は見上げるほどに背が高く、服の上からでもそうとわかるほどに胸板が厚いからだ。

鍛え抜かれた体なのだと戦や武芸に疎い女のヴィルヘルミネでもわかる。

手足はともに長く上腕部にしっかりと筋肉が付いており、袖から出た手は軍刀や銃を握り続けてきたせいか、並の男性よりも筋がはっきりとして骨張っていた。

肉体と同じく顔立ちも男性らしく端整だ。

キリリとした意志の強そうな赤い眉と深い瑠璃色の理性的な瞳。髪も赤毛で丁寧に整えられており、甘さも隙もまったくない。

用心深くしているようにも見えないのに、付け入ることができないと思わせる。

小柄なヴィルヘルミネはそれでだけたじたじしてしまう。

一方、男性は花嫁姿のヴィルヘルミネを凝視したままその場に立ち尽くしている。

一体どうしたのだろうか。

「あ、あの、とりあえずお入りになってください」

ヴィルヘルミネが声をかけるとようやく解凍されたように我に返り、「失礼した」といかにも軍人らしいキビキビした口調で名を名乗った。

「俺はエタール王国第一師団長にして少将のエックハルトという者だ」

「少将⁉」

ということは高位の軍人ではないか。

そして、エックハルトという名には聞き覚えがあった。

確か——。

「そして、現国王オットー十世の弟でもある」

「……」

今度はヴィルヘルミネの体が固まる。頭の中は「えっ、どうして？　なぜ王弟殿下が？」と混乱していた。

　だが、正体を確認してそうだったのかと納得する。

　ヴィルヘルミネは昨年まで王宮で王妃付きの侍女をしていた。

　だから、王宮ですれ違う機会くらいはあったのだろう。

　ちなみに、エックハルトは自己紹介したとおり現国王の王弟で今年二十五歳。陸軍に所属しており、若くして数多くの功績があり、「軍人王弟」と呼ばれている。

　ヴィルヘルミネの出身家、ハルディンは古くから続く伯爵家ではあるが、さすがに王族を挙式や披露宴に招待するほどの家格ではない。

　招待するなど不敬で有り得ないし、婚約者であるアドリアンの実家も子爵家なのだからない。

　個人的な友人という可能性はあるかもしれないが、招待客リストは二人で事前に打ち合わせをし、互いの分に目を通していている。

　そこにエックハルトの名はなかったはずだった。

「殿下はアドリアンのお友だちですか？　お祝いに駆け付けてくださったのでしょうか？」

　挙式や披露宴に招待はできていなくても、親愛の情から祝いの品を届けにきてくれたのかもしれない。挙式前の時間でよくある遣《や》り取りだ。

　だが、エックハルトは「いや、違う」ときっぱりと答えた。

「俺はアドリアンとやらとはなんの関係もない。単なる通りすがりだったんだが、いきなりヴイルヘルミネ嬢に渡してくれとこの手紙を押し付けられた」

エックハルトは今日、先の戦争での軍功を讃《たた》えられ、兄王に新たな勲章を授与されたそうだ。

その帰り道で馬が水を飲みたがったので、たまたまこの大聖堂近くで馬を止めたところ、女性と手に手を取って逃げ出そうとしているアドリアンに出くわしたのだという。

「女性と……手に手を取って？」

「……」

エックハルトが少々申し訳なさそうな顔になる。一見、表情はまったく変わってないように見えるが、眉尻が下がったので見分けられる。

ヴィルヘルミネはなぜ自分はこの鉄仮面が何を考えているのかわかるのか、そして見覚えがあるのに思い出せないのかと訝《いぶか》しんだ。

だが、今はそれどころではない。お家存続がかかった結婚を控えているのに、とんでもない情報を聞かされてしまったからだ。

「ひ、ひとまず預かった手紙をいただけますか」

エックハルトは気の毒そうに手紙をヴィルヘルミネに手渡した。

ヴィルヘルミネは震える手で封を切り、便箋を取り出し一気に目を通した。

果たして内容は予想通りだった。

『ヴィルヘルミネへ　こんな形で君を裏切ることになって済まない。だが、僕は再び彼女に出会ってしまったんだ。

燻《くすぶ》っていた恋の炎が再び燃え上がり、もはや消し止めることは不可能だと思い知った。謝って済む問題ではないとはわかっているが、僕たちはもうこうするしかないんだ。

どうか君も幸せになってほしい。遠くから祈っている。アドリアン』

エックハルトはヴィルヘルミネの表情から何が書かれているのか察したのだろう。

「まさか、あの二人は恋仲だったのか?」

「……そうみたいですね」

「女は五十代ほどに見えたので、てっきり親子かと思っていたが、なるほど趣味は人それぞれだからな」

「……」

なんとアドリアンはガチの熟女専だったのだ。

ならば、十九のヴィルヘルミネなど若すぎるどころか赤ん坊に見えたのかもしれない。

世間体のために結婚しようとしたものの、やはりロリコンにはなりたくないと逃げたに違いなかった。

今後の結婚生活に不安を覚えているところで偶然女に再会。焼けぼっくいに火が点《つ》いたといったところだろうか。

ヴィルヘルミネは婚約者に裏切られたと泣《な》き喚《わめ》かなかった。もうすぐ挙式なのにと取り乱しもしなかった。

代わって無言ですっくと立ち上がり、のっしのっしとエックハルトの脇をすり抜ける。

エックハルトが慌ててヴィルヘルミネの肩を掴《つか》んだ。

「待て。どこに行くつもりだ。招待客への挙式中止の説明か？　なら、俺がやる。そんなことができる心境ではないだろう」

「……何をおっしゃっているのですか？」

ヴィルヘルミネは可愛《かわい》い顔に合わぬ、肉食獣めいたギラギラ光る目でエックハルトを睨《ね》め付けた。

「もちろんこれから花婿を募集しにいくのです」

「……」

エックハルトが黙り込む。どうやらヴィルヘルミネが何を言っているのか理解できなかったらしい。

「……殿下、私が結婚しなければハルディン家は近い将来お家断絶となる運命にあるのです。そしてあと三十分で挙式なんです。それまでに新たな結婚相手を見つけなければ」

――一年前、ハルディン家は当主と嫡男を同時に失った。

知人の葬儀の帰り道で死に神に取り憑《つ》かれていたのか、馬車が土砂崩れに巻き込まれてしまったのだ。

なお、母はヴィルヘルミネが十四歳で病死している。

当然、今後ハルディン本家を誰が継ぐのかが問題になった。

その時点で本家の直系はまずヴィルヘルミネ。続いて父ダミアンの年の離れた弟の叔父ギュンターがいた。

ギュンターがまっとうだったらヴィルヘルミネは喜んで家督を譲っただろう。

直系の男性が跡継ぎとなるのが一番スムーズだし世間体もいい。

しかし、ギュンターは問題だらけのとんでもない男だった。

祖父がまだ生きていた頃ギュンターを留学させたのも、実直な祖父やダミアンの血縁とは思えぬ無茶苦茶な男だったからだ。

貴族の人妻を寝取って修羅場になったり、娼館に通い過ぎて病気をもらったり。

挙げ句、祖父から罰として小遣いをもらえなくなると、反社から借金して賭け事に走る始末である。

そのたびに祖父が尻拭いをし、祖父が亡くなってからはダミアンが尻拭いをした。

結婚すれば少しは落ち着くかとさせてみたのだが、さすがにこんな男に付き合いきれなかったのだろう――ギュンターの妻は結婚して数年も経《た》たずに逃げてしまった。

ギュンターのストッパーになるものはないと悟った祖父は、最終的には厄介払いに留学と称して海外に追いやるしかなかった。

こんな男にハルディン家を譲ろうものなら、間違いなく財産はあっという間に女遊びとギャンブルに消える。

家屋敷も爵位もダミアンが苦労して築き上げた事業も売り飛ばされてしまうに違いない
実際、ダミアンと兄のデニスの葬儀に出席するため、留学先から舞い戻ってきたギュンターは、舐《な》め回すように屋敷を見回していたのだ。

それまで王宮で王妃の侍女を務めていたが慌てて家に戻ったヴィルヘルミネを、「俺が跡を継ぐのだからさっさと出て行け」と脅し、そうはさせまいと居座ると嫌がらせ三昧。

ヴィルヘルミネの最初の婚約者が婿入りできないのでやむを得ず合意の上、婚約破棄をし、新たに婿入り希望で縁談を募ると、今度は悪評をばらまき縁談の邪魔をしようとした。

悪行以外何もできないくせにそんなところだけは狡猾《こうかつ》なのだ。

それでもヴィルヘルミネが根性でまとめた話がアドリアンとの婚約だったのだ。

なのに、まさか土壇場で熟女専をカミングアウトされ、裏切られる羽目になるとは――。

ヴィルヘルミネは据わった目のままぶつぶつと呟《つぶや》く。

「招待客の中に一人くらい独身がいるはず。大金を払えば結婚してくれるかしら……」

「待て！」

エックハルトがヴィルヘルミネの華奢《きゃしゃ》な肩を掴む。

「招待客の男に結婚を迫るつもりか？」

「招待客でなくても構いません。この際、条件が合うなら誰でも」

ハルディン家は女も家を継ぐことができる。

ただし、当主の死後一年内に同等かそれ以上の爵位の家柄の男性を婿入りさせ、三年以内に子をもうけられればの話だ。

そして、今日がダミアンとデニスが亡くなってちょうど一年目。今日結婚できなければヴィルヘルミネはハルディン家を継ぐ資格を失う。

まさに、お家の命運が懸かっているのだ。

エックハルトが「……なぜそこまで」と唸る。

「それほど家が大事なのか」

「ええ、大事です」

ヴィルヘルミネは愛らしい顔に似合わぬ、意志の強い眼差《まなざ》しをエックハルトに向けた。

「王家には到底敵《かな》わないでしょう。ですが、先祖が代々守り抜き、亡き祖父と父、兄が誇りとしてきた家です」

天国にいる大切な家族のためにも、残されたハルディン家を守らねばならなかった。

「私にとってハルディン家は家族皆の形見なのです」

エックハルトが形見という表現にはっとして、「……すまない」と顔を落として謝る。

「俺が価値を決めていいものではなかった」

拳をぐっと握り締めて「なら」と顔を上げ、とんでもない申し出をしてくる。

「俺はどうだ」

ヴィルヘルミネは一瞬何を言われたのかわからなかった。

「……？　俺はと申しますと？」

「結婚するなら俺にしろと言っている」

「……」

ようやく言葉の意味を理解しさすがに狼狽えた。

「で、殿下と結婚⁉　それはいくらなんでも身分違いです！」

王族は他国の王女や公女と結婚することが多い。国内でも最低侯爵家以上との縁談が望まれ、伯爵家に婿入りするなど前例がないはずだった。

エックハルトはヴィルヘルミネの反論をあっさりと退けた。

「前例が少ないだけで禁止されているわけではない」

「で、でも」

ヴィルヘルミネはなぜエックハルトがこうも婿入りしたがるのかさっぱりだった。

ハルディン家は王家にとってははるかに格下の伯爵家だし、財産もエックハルトの方がよほど持っているだろうに。

「私は殿下に差し上げられるものが何もございません……」

エックハルトはヴィルヘルミネを見下ろしこう呟いた。

「……ある。俺が手に入れたくて堪《たま》らなかったものをヴィルヘルミネ嬢は持っている」

「そ、それは一体」

そして、ヴィルヘルミネがなんですかと聞き返す前に、エックハルトは華奢な両肩に手を置いた。

瑠璃色の瞳に真摯に見つめられ、ヴィルヘルミネの心臓がドキリと鳴る。

「実は今日兄上に縁談を勧められた。だが、俺は断りたい」

兄上とはつまり国王だ。

エックハルトが相手の氏素性を聞き出してみると、相手は隣国の小国の公女なのだという。

「身分としては釣り合っていますよね。その方では不味《まず》い理由があるのでしょうか？」

エックハルトの眉がわずかに顰《ひそ》められる。

「公女はまだ十二歳なんだ」

「……」

王侯貴族は年の差婚は珍しくない。エタール王国でも三代前の国王が五十歳の頃二十歳の後妻を迎えている。

しかし、エックハルトの場合は——。

「……公女様はまだ成人してもいらっしゃらないのですか？」

いくら王族の年の差婚や早婚は珍しくないとはいえ、十二歳は若すぎる。

「そうだ。来年には嫁がせると言っている」

「どうしてそんなことになったのでしょう？」

「現時点で王族の直系が兄上と俺しかいないからな」

しかも、公女は体が弱く今後生き延びられるのかもわからない。

更に、すでに恋仲になっている幼馴染み《おさななじみ》がいるのだという。エックハルトと婚約すればその幼馴染みと引き離されてしまう。

「さすがに哀れで話を受ける気になられなかった。……俺は王族としては失格なのだろうな」

国家規模的に公女側からは断れない話だ。なら、こちらから理由を付けて撥《は》ね付けた方がいい。

「結婚してしまえばそんな縁談が持ち込まれることもなくなる」

なるほどと頷《うなず》くのと同時に、エックハルトの思いやりにちょっと感動してしまった。

エックハルトはその間にも話を続けた。

「もちろん、ヴィルヘルミネ嬢にもメリットがある。叔父に困らされていると言っていたな。

確実に嫌がらせは減る。王家が強力な後ろ盾になるからな」

　確かに、元王族の威光は大きい。

「更に王族の血を引く子が俺たちの間に生まれれば、ギュンターもハルディン家直系の男だからと大きな顔をできなくなる」

「……！」

　このメリットは説得力があった。

「最後にもう一つ」

　まだ何かあるのかとヴィルヘルミネが首を傾げていると、エックハルトが「あと三十分で結婚式だと言っていたな」と呟いた。

「挙式まであと五分。俺以外の男に結婚してくれと迫る時間がない」

「……」

　つまり、ヴィルヘルミネにもはや選択肢はなかった。


　その後の挙式は当然だがちょっとした騒ぎになった。

　何せバージンロードを進む花嫁を待つ花婿が、アドリアンではなく王弟エックハルトだったのだから。

　招待客らが顔を見合わせ「どういうことだ？」と首を傾げる。

「あの方はエックハルト殿下……だよな？」

「あ、ああ。間違いない。一度王宮でお会いしたから知っている」

「アドリアンはどこへ行ったんだ？」

距離があるので声が聞こえたはずもないのに、エックハルトの鋭い視線がいきなり向けられたので焦る。

「シッ、触らぬ神に祟《たた》りなしだ。余計な口を利くんじゃない」

「あ、ああ、そうだな。まあ、身代わりなんてよくあることだ」

これぞ貴族の処世術。格上の理不尽は見て見ぬ振りをするのが生きる道なのだ。

なお、アドリアン側の両親、親族はエックハルトからすでに事情を聞かされており、息子の失態と性癖を暴露するわけにもいかずだんまりだった。

――こうして招待客らが笑顔を貼り付け、みずから口を封じる中で挙式は強行された。

「新郎エックハルト、あなたはここにいるヴィルヘルミネを病める時も、健やかなる時も、富める時も、貧しき時も、妻として愛し、敬い、慈しむ事を誓いますか？」

「誓います」

ヴィルヘルミネも司祭にこう尋ねられ頷いた。

「新婦ヴィルヘルミネ、あなたはここにいるエックハルトを病める時も、健やかなる時も、富める時も、貧しき時も、夫として愛し、敬い、慈しむ事を誓いますか？」

「誓います」

「では、指輪の交換をお願いします」

まずエックハルトがヴィルヘルミネの左手を取り、なぜか目をわずかに見開く。だが、すぐに気を取り直したようだった。

続いてヴィルヘルミネがエックハルトに指輪をはめ、あらと首を傾げた。エックハルトの左手首には赤、青、白、三色の組紐《くみひも》が巻かれていたからだ。

この組紐は亡き祖母の故郷、マンフレート地方の伝統である。

大切な人に手ずから編んだ組紐を贈ると、その人が幸運になれるという言い伝えがあるのだ。

一体誰に贈られたのだろうかと思うのと同時に、どこかで見たことがある気がしてならない。

だが、記憶を探る間に司祭に促されてしまった。

「最後に誓いの口付けを」

エックハルトはそっとヴェールを取った。

「……」

ヴィルヘルミネを数秒見つめていたが、やがてその精悍《せいかん》な頬《ほお》をやはりごくわずかにだが赤く染める。

ヴィルヘルミネは少年のような純情な表情に驚いた。

だが、それも一瞬で気が付くともとのピシリと隙のないエックハルトに戻っていた。

今見たものは錯覚だったのかとヴィルヘルミネが目を瞬かせる間に、そよ風のように優しくエックハルトの乾いた唇がヴィルヘルミネのそれに触れる。

壊れ物に触れるような優しいキスだった。

こうしてヴィルヘルミネとエックハルトはこの奇妙な喜劇の役者となりきり、無事公式の夫婦となった。

後日、エックハルトによりこの冗談のような結婚の内情が説明された。

実はエックハルトとヴィルヘルミネは恋仲だったが、身分差もあって国王の反対で結婚が不可能だった。

ならばせめて互いを思い合いながら、独り身のままでいたいと思ったが、王弟と貴族令嬢の立場ではそれも許されない。

そこでエックハルトの友人だったアドリアンが、二人を気の毒に思って助け船を出した。ヴィルヘルミネに世間体のための白い結婚を提案したのだ。

アドリアンにも思う女性がいたが、やはり身分違いで結ばれないという事情があったからなのだと。

しかし、よりによって今日、エックハルトは戦争での功労賞として、国王よりヴィルヘルミネとの結婚の許可をいただいた。

慌てて式場に駆け付け花婿を取り替えることになり、またアドリアンも覚悟を決めて愛する女性との愛を貫くことにした――。

無理に無理を重ねたような言い訳だった。ちょっと考えなくとも誰でもあやしいと思うに違いない。

しかし、今回の結婚の新郎は王族である。しかも、戦場では敵味方から「鬼少将」と恐れられる軍人。

逆らってはならないと貴族らは皆口を一様に閉ざし、「そういうこともあるだろう」と結論づけた。

だが、皆が口裏を合わせて二人を祝福する中、たった一人この結婚に異議を唱える者がいた。

もちろん列席者の一人であるヴィルヘルミネの叔父ギュンターである。

まさか相手がエックハルトになるとは思っていなかったのだろう。

大聖堂での挙式の真っ最中には驚きのあまり言葉をなくしていたが、ようやく我に返ったところで我慢できなくなったのだろう。

新郎新婦が外に出て皆に祝福の花弁を浴びせられている中で、「一体どういうことだ!?」と怒声を浴びせかけてきたのだ。

「この結婚はおかしい！　なぜだ。お前たちはどこで知り合ったと言うんだ!?」

ギュンターはヴィルヘルミネを結婚させまいと常時付き纏《まと》って監視し、アドリアンとの談が纏まるまで邪魔し続けていた。恋仲なら自分が知らないはずがないと言いたかったのだろう。

そこでヴィルヘルミネはギュンターの耳元にこう囁《ささや》いてやった。

「どこかの誰かに邪魔されないためにずっと隠してきたんです。実はアドリアンも隠れ蓑《かくみの》だったんですよ」

「……っ」

ギュンターの顔が醜く歪《ゆが》んだ。

ヴィルヘルミネはその表情から、アドリアンに駆け落ちをけしかけたのも、この叔父の仕業だと確信した。

それほどハルディン家の財産を掠《かす》め取りたいのかと腹が立った。

その隣でエックハルトが「祝いの席に招かれざる客は必要ない」と呟く。同時に数人の警備が暴れるギュンターを取り押さえた。

「クソッ、どこに連れていくつもりだ！　離せ！」

「叔父様、家訓に則《のっと》って財産分与はさせていただきます」

それ以上は何も渡さない——言外の意味を読み取ったのか、ギュンターは低い声で唸った。

「……この雌狐《めぎつね》が。覚えていろよ」

とても姪《めい》っ子に言うセリフではない。

ギュンターは執念深い男だ。当分警戒しなければならない。

だが、ひとまず結婚という第一の難関は乗り越えたのだった。

新婚初夜は今後二人で新婚生活を送ることになるハルディン邸で迎えることになった。

王都より馬車で三時間先にある、歴史と伝統を感じる石レンガ造りの屋敷である。

ヴィルヘルミネは一足早く湯浴《ゆあ》みを終えると、当主夫妻の寝室のベッドの縁に腰を下ろした。

はあと溜《た》め息《いき》を吐いて膝の上に手を載せる。

怒濤《どとう》の一日だった。どんな形にしろ結婚できたのだと思うと、気力が抜け落ちその場でへなへなと頽《くずお》れてしまいそうだった。

「ううん、駄目よ。まだ安心しちゃ駄目」

これから二年以内で子を産まなければならないのだから。

子はそう簡単に生まれるものではないとは、未経験のヴィルヘルミネも知っていた。

父のダミアンは母アデーレとの間に嫡男である兄デニスをもうけたのち、次子のヴィルヘルミネが生まれるまでに五年かかったと言っていたからだ。だからなるべく早く結婚し、子どもを作った方がいいとも。

デニスはダミアンの言い付け通り二十歳で結婚したが、四年経っても子宝に恵まれなかった。

なお、兄嫁はデニスの死後実家に帰り、半年前すでに再婚している。

兄嫁の両親もまだ若いうちと思ったのだろう。それから間もなくしてすぐ身籠もったとも聞いていた。

――もしかするとデニスは子どもができにくい体質だったのかもしれない。だから、兄嫁と四年も一緒にいたのに子どもがいなかったのでは。

それがヴィルヘルミネが焦っている理由だった。自分にもその体質が遺伝しているかもしれないからだ。

とにかく少しでも孕《はら》む可能性を高めなければならない。

そう思い詰めるヴィルヘルミネの耳に扉が叩かれ、やがてゆっくりと開けられる音が聞こえてきた。

ヴィルヘルミネははっとして顔を上げた。

エックハルトは緋色《ひいろ》のガウンを身に纏っていた。まだ湯でしっとりとしている乱れた赤毛によく合う。

また、服を身に纏っていてもそうとわかるほど逞《たくま》しい肉体だった。肩幅は広く胸板は厚く逞しく、合わせ目から見え隠れする胸筋が見事だ。

生まれて初めて目にする身内ではない異性の肉体は、まだ処女のヴィルヘルミネにとって刺激が強すぎた。

思わず目を逸《そ》らそうとして、左手首にまだあの組紐が巻かれているのに気付く。

よほど大切なものなのだろうか。

「よっ……よい夜ですね」

緊張のあまりわけのわからない挨拶をしてしまう。

「ああ、そうだな」

エックハルトはヴィルヘルミネの隣に腰を下ろした。

ガウン越しに二の腕が触れてヴィルヘルミネの心臓が跳ねる。

今までとにかく結婚！　子作り！　と突き進んできたが、いざ初夜となるとやはり怖い。

まして、エックハルトとはほぼ初対面なのだ。

「あ、あのっ……」

緊張を和らげようと話題を探す。

「今日はありがとうございました。……本当に助かりました」

これは本心だった。

エックハルトが名乗りを上げてくれなければ、ヴィルヘルミネは結婚できず、家督はギュンターの手に渡っていただろうから。

「いいや、こちらこそ助かった」

エックハルトは瑠璃色の瞳でヴィルヘルミネを見つめた。

「俺も強引に縁談をまとめられそうだったからな」

そこに熱っぽさが含まれている気がしてまたドキリとしてしまう。

「国王陛下はお怒りにならないでしょうか……」

弟が勝手に結婚した挙げ句、すでに国王から許可を取ったという、世紀の嘘《うそ》を吐《つ》いたのだ。

「問題ない。あの方は俺にはもう何を言っても無駄だともう諦めているさ」

「で、でも……」

「大丈夫だ」

そう言い切られると本当に大丈夫な気がする。

エックハルトの落ち着きのある優しい声にはそれだけの説得力と安心感があった。

「そう、ですか」

ヴィルヘルミネは再び溜め息を吐いて顔を覆った。

「どうした？」

「も、申し訳、ございません。……力抜けちゃって」

ヴィルヘルミネは本来ガラの悪い叔父と対立し、出し抜き、嫌味《いやみ》を言えるような性格ではない。

元々は花や刺繍《ししゅう》が好きなおっとりとした令嬢らしい令嬢だった。

王妃の侍女として行儀見習いをしていた頃には、デニスがいる安心から家督にさほど興味はなかった。

何事もなければアドリアンより前の元婚約者となんの疑問もなく結婚し、よき妻となり、子が生まれたのちにはよき母親になっていただろう。

貴族の令嬢としてごく一般的な人生を送っていたに違いない。

だが、不幸な事故がヴィルヘルミネとハルディン家の運命を狂わせた。

ヴィルヘルミネは父と兄から家督を託された者として、後継者としてギュンターと戦わねばならなかった。

そして、勝つためには海千山千となり強くならねばならない。

結果、たった一年で大人しかった令嬢が、目的のためには手段を選ばず、家門を背負って立つ猛者に成長したのだ。

だが、無理をした分どこかで反動が出てくるものだ。

「ヴィルヘルミネ嬢……」

エックハルトの手がヴィルヘルミネの肩に回されようとする。

だが、その前にヴィルヘルミネがぐいと顔を上げた。

「まだ……まだよ。まだ気を抜けない」

一転して鬼気迫る表情となったヴィルヘルミネを見て、エックハルトがわずかに目を見開く。

ヴィルヘルミネはベッドの上に正座をしてエックハルトに向き直った。その場で手を突いて深々と頭を下げる。

「エックハルト様、もう一つお願いがございます。なんとか二年内に私に子を授けてほしいのです」

もちろん子どもが神からの授かり物とはわかっている。運が左右するので思い通りにはいかないことも。

「その確率を高めるためにできれば毎夜、無理でしたら数日に一度は私を抱いてほしいのです。あとは何もしなくても構いません」

ヴィルヘルミネは初夜を怖がっている場合ではないと自分に言い聞かせた。感情より理性を優先させハルディン家を守らねばならないと。

「子が生まれればあなたを解放しますから」

「……解放とはなんだ」

エックハルトの声がワントーン低くなる。

恐る恐る見上げると目付きが鋭くなっていたので、ヴィルヘルミネは気分を害してしまったかと慌てた。

「エックハルト様は陛下の勧める縁談避《よ》けのために私と結婚したのでしょう?」

それ以外の理由が思い当たらない。

「なら、今後身分が釣り合って、好きになる女性が現れるかもしれません」

ヴィルヘルミネは今後新婚生活を送る中で、エックハルトの女性関係には一切干渉しないと言い切った。

「そうなった場合、子が生まれ次第すぐに離婚を申請します。陛下もその方が安心されるでしょう」

更に、その他の女性関係についても制限する気はないと説明する。

「また、愛人を作っていただいても構いません。エックハルト様とその女性との間に子どもが生まれた場合、さすがにハルディン家の子だと認知はしかねますが、十分な養育費と教育費はお渡ししますから」

ヴィルヘルミネとしてはこんな無理な結婚に付き合ってくれた、エックハルトへの最大の感謝のつもりだった。

何せエックハルトは高貴な血筋も、地位も、名誉も、財産もすでに持っている。こちらに差し出せるものは自由くらいしかなかった。

「ヴィルヘルミネ嬢……いいや、ミーネと呼んでいいか」

「は、はい構いませんが……」

ヴィルヘルミネは長い名なので、親しい者は皆ミーネと呼んでいるから。

「……わかったミーネ。喜んで種馬になってやろう」

「た、種馬って、そんな」

つもりはなかったとは言えなかった。実際その通りだったし否定できない。

エックハルトは口籠もるヴィルヘルミネの顳を苛立《いらだ》たしげに掴んだ。

「相変わらず愛らしい。春の若草のような瞳だ」

「相変わらず……？」

　王宮ですれ違った程度でそんな表現ができるものだろうか。

「エックハルト様、私たち」

　一体一で話したことがあるのか――だが、その疑問は口にする前にエックハルトの口付けで塞がれてしまった。

「ん……んんっ」

　背に手を回され深く胸に抱き締められる。

　挙式でのそれとは比べものにならない、強引で淫らな口付けだった。

「や……んっ……」

　こんな口付けがあったのかと目を見開く。

　更に閉ざされていた唇を力尽くでこじ開けられたかと思うと、歯の間から舌がぬるりと滑り込んできた。

「……っ」

　若草色の双眸《そうぼう》が大きく見開かれる。

　続けざまに歯茎をぐりぐりと刺激され、今度は細い肩がびくりとした。舌先がこれほど力強い動きをするとは思わなかったのだ。

反射的にエックハルトの胸を押したが、か弱い女の力で軍人に叶《かな》うはずもなく、そのまま唇を貪られる。

続けざまに舌を搦《から》め捕られると、唾液が喉の奥に流れ込んで噎《む》せそうになった。その際吐き出された吐息すらエックハルトに奪われてしまう。

「んっ……ふっ……んあっ」

エックハルトが唇を離してくれたことで、ようやく空気にありつけた。

だが、そんな安堵《あんど》も手首を掴まれ押し倒され、シーツに縫い留められたことで消し飛んでしまった。

「え、エックハルト様……」

呼吸が乱れて息苦しく、若草色の瞳が涙で潤む。

一方、瑠璃色の瞳には情欲の炎が燃え上がっていた。ヴィルヘルミネが怯《おび》えるほどの熱量だった。

「そんな顔をされると……無茶苦茶にしたくなる」

エックハルトは呻《うめ》くように呟くが早いか、みずからのガウンを脱ぎ捨てると、続けざまにヴィルヘルミネのレースの寝間着に手を掛けた。

初夜専用に仕立てられたその寝間着は、エックハルトが少し力を込めただけで、呆気《あっけ》なくボタンが弾《はじ》け飛《と》んでしまう。

「あっ……」

豊かな白い乳房がふるふる揺れながらその姿を露《あら》わにする。

エックハルトの視線がヴィルヘルミネの肉体の輪郭をなぞる。

ヴィルヘルミネは食い入るような視線を否《いや》が応《おう》でも感じてしまう。

──見られている。

生まれたままの姿を男の視線に晒《さら》されるのは初めてで、ヴィルヘルミネは羞恥心で頬がかっと赤くなるのを感じた。

「やっ……」

慌てて腕で覆い隠そうとしたのだが、再び両手首を掴まれシーツに押し付けられる。

恐ろしいほどの力で腰を押さえ付けられているからか、どれほど手を振《ふ》り解《ほど》こうとしても、身を捩《よじ》ってもびくともしない。

──逃げられない。

ヴィルヘルミネは息を呑《の》んでエックハルトを見上げた。

逆光になっているはずなのに、それでも肩幅の広さと胸板の厚さはわかってしまう。自分とは違ってその肉体が筋肉の鎧《よろい》に覆われているということも。

「あっ……」

直後に、右の乳房を鷲掴《わしづか》みにされる。柔肉にぐっと食い込む指先はかたく、長年武器を握り続けてきたのだろうと察せられた。

「んあっ」

不意に手に力を込められ、ヴィルヘルミネは白い喉をくっと曝《さら》け出した。

白い肉の塊がエックハルトの手の中でひしゃげる。ぐにぐにと弾力を確かめるように弄ばれると、むずむずとした感覚が乳房の奥から沸き上がってきた。

「あっ……ふっ……んっ……。……っ。ひゃっ！」

ヴィルミネの喘《あえ》ぎ声のリズムが乱れる。

エックハルトがすっかり火照った両の乳房の間に、いきなり顔を埋めてきたからだ。

「やっ……」

反射的にエックハルトの後頭部の髪を掴み、引《ひ》き剥《は》がそうとするのだが、全身が小刻みに震えてうまくいかない。

その間に今度はピンと立った薄紅色の先端にむしゃぶりつかれてしまった。

「……っ」

ちゅうちゅうと吸い上げられるたびに、「あ、あ、あ」と途切れ途切れに吐息が漏れ出る。

「やっ……やあっ……あっ……んあっ」

ヴィルヘルミネは若草色の目を大きく見開いた。乳首に軽い痛みが走ったからだ。

囓《かじ》られたのだと察するのと同時に、ゾクゾクとした感覚が背筋から首筋にまで這《は》い上《あ》がってくる。

対照的に腹の奥は熱でトロリと蕩《とろ》け、蜜を滾々《こんこん》と分泌していた。

エックハルトが何に気付いたのか、無言で体を起こす。

休憩を入れてくれるのかと思いきや、今度はいきなり右足を掴まれ、がっしりとした肩に担ぎ上げられたのでぎょっとした。

「なっ……」

直後に、足の間に強烈な違和感と圧迫感を覚えて息を呑む。

休ませてくれるはずなどないのだと思い知らされてしまった。

「ひいっ……」

先ほどまで乳房を弄んでいた長い指が、申し訳程度の和毛《にこげ》に守られた蜜口を探り当て、中に侵入しようとしている。

「え、っくはると、さま……だ、め……そこ、はっ……」

ヴィルヘルミネは目に涙を浮かべて訴えようとしたが、更にズブズブと奥にまで入り込まれ絶句する。

こんな行為はおかしい。こんな行為はいけないと思うのに、蜜壺はヴィルヘルミネの心とは真逆に敏感に反応し、更に滾々と蜜を分泌する。

「ミーネ、感じる君も綺麗《きれい》だ……」

「……っ」

ヴィルヘルミネははっはっはっとひたすら小刻みに息を吐き出すことしかできなかった。

その呼吸すら内壁を指先でカリッと掻《か》かれると、たちまち乱れて行き場を失ってしまう。

隘路《あいろ》から腹の奥まで繰り返し疼痛《とうつう》が走り、盛り上がっていた涙がついに頬に零《こぼ》れ落《お》ちる。

「ん……くっ……あっ……んっ……」

ヴィルヘルミネの目だけではなく、エックハルトの手もまた濡《ぬ》れていた。ヴィルヘルミネが身を捩るたびに、武骨な指先がぬらぬらとした蜜に覆われていく。

エックハルトはひくひくと蠢《うごめ》く隘路を責めながら、身悶《みもだ》えるヴィルヘルミネを見つめていた。

ところが、不意に指を一気に引き抜いた。ちゅぽっと濡れて粘ついた音がした。

「あんっ」

間髪を容《い》れずに引き締まった腰をヴィルヘルミネの足の間に割り込ませる。

「あっ……」

ヴィルヘルミネはこれから何をされるのかを悟り、反射的に身を強張《こわば》らせた。

エックハルトの手が白い細腰をぐっと引き寄せる。

熱く、硬く、凶暴な雄の証《あかし》が蜜口にピタリと押し当てられる。

「ひっ……」

反射的に体をずり上げようとした時にはもう遅かった。

「ああっ……」

若草色の目が大きく見開かれる。

「あっ……あっ……や……ああっ……」

肉のすりこぎがヴィルヘルミネの体内を征服せんと突き進んでくる。

「だっ……や、あっ……んあっ」

エックハルトの分身はあまりに太く、長く、硬かった。

こんなものが狭いそこに入るはずがない。

なのに、隘路を限界まで押し広げられ、ぐぐっと腰を進められてしまう。

「あ……あっ……」

ヴィルヘルミネは背を仰《の》け反《ぞ》らせて喘ぎ、内臓を押し上げるような圧迫感を逃そうとしたが、
直後にズンと最奥に衝撃が走って声を失った。

体の奥で何かが引き千切られるような痛みが走った。

「あっ……」

絶句し、目の前にある瑠璃色の瞳を見上げる。

「ミーネ……」

「……っ」

言葉が何も出てこない。

「ミーネ……」

エックハルトは熱に浮かされたように名を呼ぶが早いか、ぐっと腰を引き、ヴィルヘルミネの体内をみっちり埋めていたおのれの分身を引き抜いた。

「ひ……あっ……」

隘路の内壁の襞《ひだ》が肉のすりこぎに擦られ、嬲《なぶ》られる感覚に全身がゾクゾクと震える。

右足はシーツの上でビクリと跳ねてピンと爪先まで引き攣《つ》った。

かと思うと、今度は最奥までぐぐっと押し込まれる。

内部が摩擦熱で擦り切れてしまうのではないかと恐ろしくなった。

エックハルトの激しい抽挿に翻弄され、白い乳房もふるふると揺れ動く。快感にピンと立った乳首はより血色がよくなっていた。

「うっ……はっ……あっ……あっ……うあっ」

腰を叩《たた》き付けられるたびにシーツに涙が散る。

時にはぐぐっと腰を抱き寄せられて、ぐりぐりと最奥を執拗《しつよう》に責められた。

「ひいっ……」

もう喘ぎ声と熱い吐息以外出てこない。代わって、下の口からはエックハルトの肉のすりこぎで掻《か》き交ぜられ、突き上げられ、泡立った蜜が時折ぶちゅっと音を立てて漏れ出てくる。

下半身への刺激だけでもう全身がドロドロに溶けてしまいそうだ。

更に行為が激しくなり、胸を再び鷲掴みにされた時には、さすがにもう限界だとエックハルトに訴えようとした。

「えっ……くはると……さ、まあ……」

ところが、その哀願も乳首をぎゅっと捻《ひね》られると、たちまち快感に掻き消されてしまう。

「あ……ああっ……」

エックハルトが不意に動きを止める。一際強く腰を突き上げてくる。

「ひいっ……」

子宮を突き破られてしまうのではないか――。

エックハルトはそんなヴィルヘルミネの恐れをよそに、低く呻くとヴィルヘルミネの細腰を掴み、肩で大きく息を吐いた。

引き締まった腰がビクビクと震える。

「あっ……」

男の欲望が灼熱《しゃくねつ》の飛沫《しぶき》と化して子宮に流れ込んでくる。

「ひっ……あっ……」

――熱い。熱くて、熱くてこのまま内側から焼け焦げて死んでしまいそうだ。

「ああっ……」

隘路をみっちりと埋める肉棒がドクン、ドクンと激しく脈打っているのを感じる。

エックハルトはまだヴィルヘルミネを離そうとしない。

「えっ……」

ヴィルヘルミネはエックハルトを呼ぼうとしたが、すぐに唇を塞がれてしまう。

「ん……んんっ……」

ヴィルヘルミネは身を捩らせた。体内のエックハルトの分身が再び猛りを取り戻し、更に奥にぐぐっと押し込まれたからだ。

「あっ……」

そして、間もなく再び快楽の嵐に放り込まれ、もう喘ぎ声すら出せなくなってしまった。

――快感の向こうに置き去りにされたヴィルヘルミネの意識が次第に遠のいていく。

強烈な刺激が記憶を揺さぶったのだろうか。

ヴィルヘルミネはその夜、久々に父が、母が、兄が――家族全員が揃《そろ》った夢を見た。

父のダミアンと母のアデーレは幼い頃からの婚約者だったのだそうだ。

政略結婚ではあったが幼馴染みかつ恋仲で、結婚後も仲睦《むつ》まじく両者とも浮気一つしなかったと聞いていた。

ダミアンが社交や領地の視察から帰って来ると、いつもアデーレは真っ先に出迎えに行き、『あなた、お帰りなさい』とその頬にキスしていた。ダミアンも嬉《うれ》しそうにそれを受け、アデーレを優しく抱き締めていたものだ。

愛し合う夫婦はヴィルヘルミネにとって愛情と温かな家庭の象徴だった。

二人は嫡男の兄、デニスへのそれと同じだけの深い愛で、ヴィルヘルミネを包み込むようにして育て、またデニスも五歳年の離れた幼い妹を可愛がってくれた。

ヴィルヘルミネの最初の婚約が決まった時には執務室に押し掛け、ダミアンに『本当にその男で大丈夫なんですか？』と確認したほどだ。

『経済的な条件はもちろんですが、真面目で誠実で、ミーネをありのままに愛してくれる男でなければ』

ダミアンは『まるでお前が父親のようだな』と呆《あき》れながらも心配する必要はないとデニスを諭したのだという。

『ローゼン伯爵家の嫡男のルートヴィッヒ君だよ。お前の旧友だしよく知っているだろう』

『ああ、ルートヴィッヒですか。彼なら問題ない。しっかりとした男です』

当時ヴィルヘルミネはまだ十二歳で、十八歳になり次第結婚することと両家で取り決められた。

その話をアデーレから知らされた時、ヴィルヘルミネはちょっと驚き、喜び、最後に不安になって母の肩に頭を乗せたものだ。

『あらあら、ミーネ、どうしたの。小さな子に戻ったみたいね』

『びっくりしたの。だって、結婚なんてまだまだ先だと思っていたから……』

子ども時代が終わりそうで、なんとなく抵抗があったのだ。ヴィルヘルミネはまだ家族のもとで幸福に暮らしていたかった。

『実際先よ。まだ六年も……いいえ、六年なんてあっという間よねえ』

アデーレは溜め息を吐きながらヴィルヘルミネの髪を撫《な》でた。

『ちょっと前生まれたと思ったらもうこんなに大きくなっていたもの』

『大丈夫よ』と昔から変わらない、温かく優しい声でヴィルヘルミネに囁く。

『ルートヴィッヒさんはあなたのお父様もお兄様もお墨付きの男性よ。きっとあなたがレディに成長にするのを楽しみにしてくれているわ』

そんなことを聞かされると照れ臭くなってしまう。

『私、ちゃんとしたレディになれるかしら？』

『もちろんよ。今だって世界一素敵なレディだわ。ミーネ、私たちの小さなお姫様――』

――あの頃は幸福で、未来もずっと幸福なのだと疑っていなかった。

なのに、二年後にアデーレは不治の病を得て、たった半年の闘病の末に亡くなってしまったのだ。

最後までまだ幼いヴィルヘルミネを案じていた。

『あなたの花嫁姿を見たかったのに残念だわ』

ヴィルヘルミネは母の痩せ細った手を取り、『そうよ。結婚式には来てくれるんでしょう?』と自分の頬に押し当てた。

神様、どうかお母様を連れていかないでと願ったが、それが叶わぬことはひんやりとしたアデーレの体温から察せざるを得なかった。

『あのね、お母様、私一人前のレディになるために、王妃様の侍女になることになったの』

アデーレも若き頃王宮で侍女を務めていたと聞いている。

『まだまだお母様に教えてほしいことがたくさんあるの。だから……』

母は死の床にありながら、ふと微笑《ほほえ》んでヴィルヘルミネの頬を撫でた。

『ミーネ、あなたは私がいなくてももう大丈夫よ。……幸せになりなさいね』

それが最後の言葉だった。

ヴィルヘルミネと同じ若草色の目が光をなくし、ゆっくりと降りた瞼《まぶた》に閉ざされる。

『お、母様?』

寝室に控えていた主治医がアデーレの手を取り、沈痛な表情で首を小さく横に振った。

ヴィルヘルミネの隣にいたダミアンが『ああ、アデーレ』と妻の名を呼んで顔を覆う。

生まれて初めて家族を亡くした経験は、まだ少女のヴィルヘルミネには衝撃が大き過ぎた。

それをどうにか乗り越えられたのは、その後すぐに王宮に上がり、王妃付きの侍女となって働き始めたからだろう。

覚えることが多く毎日忙しく動き回っている間に、次第に母の死に涙することも少なくなり、やがて王妃に『結婚して辞めてしまうのが残念だ』と褒めてもらえるようにもなった。

立派なレディとなり、近い将来結婚して幸せになり、天に召された母を安心させよう——そんな気持ちで日々を生きていたのだ。

まさか、ダミアンやデニスまでもが夭折《ようせつ》してしまい、この世に一人取り残されるとは思っていなかった。

ルートヴィッヒは伯爵家の嫡男で婿入りできなかったため、婚約を破棄せざるを得なくなるとも思わなかった。

家族皆がいて笑い合っていたあの頃に戻りたいと思う。まだ幸福な結婚を夢見ていたあの頃に——。


——目と頬が熱い。

泣いているからだと気付くのに数秒かかった。

目を閉じたまま手で拭おうとして、別の指先が涙を拭ってくれたので驚く。

「だあれ？　お母様？　お父様？　それともお兄様……？」

ゆっくりと瞼を開けると、すぐそばに瑠璃色の不安げな瞳があった。

続いて精悍かつ端整な顔を目にしてぎょっとした。

「だ、誰っ……？」

慌てて飛び起きようとして、昨日の出来事を思い出してはっとする。

そうだった。二番目の婚約者のアドリアンに結婚直前に振られ、半ば成り行きで王弟のエックハルトと結婚したのだ。

ヴィルヘルミネは全裸のままベッドの上に平伏した。

「申し訳ございません！　誰と結婚したのかを忘れるなど……！」

ところがエックハルトはまったく怒っていなかった。

「いいや、謝るのは俺の方だ」

溜め息を吐きベッドから体を起こす。

「つい我を忘れてしまった、……体が痛むだろう？」

そういえば全身がギシギシ言っているし、足や腕の一部は筋肉痛になっている。激しい運動をしたからだろう。

「そういえば筋肉痛が……」

「いや、筋肉ではなくその……」

あとは特に痛む場所はない。

エックハルトは気まずそうに「乱暴にしてしまったから」と説明した。

「純潔を失った女は……が痛むと聞いた」

この質問でようやく「……」がどこを示しているのか察した。

そういえばまったく痛まないわけではないが、言われて初めて気付いたくらいだった。

「いいえ、それほどは……。お気になさらないでください」

「だが、それでは俺の気が──」

「──むしろ乱暴にしてくださって助かりました」

再び平伏し礼を述べる。

「私、やっぱり初夜が怖くてビクビクしていたんです。でも、あれだけ激しくされると他に何も考えられなくなって、怖さも痛みも全部飛んで行ってしまいました」

いいショック療法だったし、おかげで今後の覚悟ができたと。

一方で、エックハルトの顔色は少々悪いように見えた。

「ミーネ……俺は」

「エックハルト様、今後も子どもが生まれるまでどうぞよろしくお願いします。こちらからお願いする以上、私もエックハルト様の期待に添うよう誠心誠意努力致します！」

強い決意を持ってそう宣言したヴィルヘルミネに、エックハルトはもうそれ以上何も言えないようだった。

第二章　私の中に子種を仕込んで！

エタール王国の貴族は結婚後新婚旅行に行く習慣がある。

大体は国内の風光明媚《ふうこうめいび》な静養地で、ヴィルヘルミネたちの旅先も湖の畔《ほとり》にある別荘だった。

ハルディン家が所有する財産の一つであり、茶色の屋根にベージュの壁の、こぢんまりと趣味の良い造りである。

ところが、ヴィルヘルミネとエックハルトが到着した夕方、その別荘は前日深夜の不審火によって焼失していた。

「火事があった？」

ヴィルヘルミネは信じられない思いで別荘管理人の説明を聞いていた。

目の前の別荘は二階部分が焼け落ちており、とてものんびり静養できる状況になかった。

管理人も這々《ほうほう》の体《てい》で逃げ出したのだろう。顔に軽い火傷《やけど》があり髪の一部も失われていた。

「は、はい。昨日のことです。すべてのランプを消灯し、台所の火も確かに消えているのを確認しました」

管理人の妻もダブルチェックしたので間違いないという。

「なのに、二階の寝室から突然出火して……」

ヴィルヘルミネの隣に佇《たたず》むエックハルトが顎に手を当てる。

「二階に暖炉はあるのか」

「は、はい。しかし初夏の現在は当然使用しておりませんし、薪《まき》も炭も取り除いて倉庫に保管しております」

倉庫の火の管理にも一際気を付けており、今回そこからの出火は確認できなかったのだとか。

「この辺りは湖の湿気で摩擦で発火ということも起こりにくいのです」

全焼を免れたのも湖のおかげだという。

「管理を任されておきながら、まことに申し訳ございません！」

土下座せんばかりの勢いで頭を下げた管理人を、ヴィルヘルミネは「そんな、謝らないでください」とねぎらった。

「私たちは無事でしたし、あなた方も軽傷で済んでよかったです」

別荘は建て直すことになるので、その期間は別の仕事を紹介すると約束する。

「そ、そんな奥様、私の不行き届きですのに何から何まで……」

「もう謝らないでください。今夜泊まるところはありますか？」

「はい。妻の実家にしばらく居候させてもらう予定です」

「わかりました。また連絡しますのでよろしくお願いしますね」

ヴィルヘルミネは管理人と話を付けると、エックハルトを連れ湖の畔に向かった。

澄んだ湖を見て動揺する気持ちを静めたかったのだ。

エックハルトが「妙だな」と水面を見つめながら呟く。

「出火原因が何もないのに火災があった……。しかも、出火が昨日だ」

ヴィルヘルミネたちは本来一昨日別荘に到着予定だった。

だが、エックハルトが国王に王宮に呼び出されたので、直前になって日程を二日遅らせたのである。

つまり、予定通りに宿泊していれば火災に巻き込まれていたかもしれないのだ。

随分ときなくさい状況である。

ヴィルヘルミネの脳裏に叔父のギュンターの顔がちらついた。

新婚旅行の目的地はあらかじめハルディン家本邸の執事やメイドに伝えてある。

念のために口止めしておいたものの、ちょっと考えれば行き先くらい推理できる程度の情報だ。

ならば、ギュンターの犯行ではないかと考えてしまい、可能性は低くないとゾクリとして自分で自分を抱き締める。

今までギュンターは次期当主となるべく、邪魔者のヴィルヘルミネを蹴落とそうとしてきたが、今度は命を狙ってきたということか。

物理的な攻撃は想定していなかっただけに尚更《なおさら》恐ろしい。

「ミーネ、どうした」

「……なんでもありません」

体の震えを誤魔化《ごまか》そうとして、無理矢理笑顔を作る。

「別荘は使えなくなってしまいましたし、今夜どこに泊まりましょうか。街の宿屋はこの季節満室でしょうし。……あっ」

名案を思い付きやっと少しだけ気分が明るくなった。

「エックハルト様、ちょっと不便になってもよろしいですか?」

湖の周辺は円形の森で囲まれており、その森に狩猟シーズンのための小屋が設けられている。

ヴィルヘルミネの父ダミアンは狩猟を嫌っていたが、教育に良いからと、この小屋によく子どもたちを連れて遊びに来ていた。

幼い兄のデニスとヴィルヘルミネは山賊のアジトのような丸太小屋に興奮したものだ。

「この小屋は二、三人なら数日、泊まれるようになっているんです」

暖炉もあれば一通りの調理器具や食器、同じ丸太でできたベッドやテーブル、椅子も用意されている。

食材も玉ネギ、ジャガイモ、ニンジン、干し肉やドライフルーツ、小麦粉や乾燥パンならあった。

「駐屯地を思い出すな」

エックハルトはどこか楽しそうに見えた。早速詰め襟の上着を脱ぎ捨てている。

シャツだけのエックハルトの立ち姿は広い肩幅が露わになり、逞しさが一層際立って見えてヴィルヘルミネの心臓がドキリと鳴った。

「薪はあるのか」

「あっ、はい。裏手に積んであります」

「いくつかもらうぞ」

エックハルトは裏口から外に出て行ったかと思うと、数分後肩と腕に薪を抱えて帰ってきた。

いくら乾燥させているとは言え、木材なのだから相当の重量だろうに、まったく重そうに見えない。綿を担いでいるように平然としている。

——エックハルト様は男の人なんだわ。

改めて実感する。

どちらかと言えば文官気質で、武術よりは学問を好む父や兄とは正反対の——。

ヴィルヘルミネの視線を感じたのかエックハルトが振り返る。

「どうした？」

話を振られて慌てて首を横に振った。

「あっ、いいえ。なんでもありません。その……今から何をするつもりですか？」

「夕食を作る」

この一言にはさすがに目を見開いた。

「作るって……エックハルト様がですか？」

エックハルトは前国王の第二王子にして現王弟だ。国王、王妃、王女に続いて尊い身分である。

正直言ってそんな男性が料理をできるとは思えなかったのだ。

表情からヴィルヘルミネの心を読んだのか、エックハルトが「安心しろ」と笑う。

「遠征先では少人数で行動することも多かったからな。王弟だの平民だのと構っていられなかったんだ」

薪を暖炉に放り込んだかと思うと、今度は野菜類と鍋をテーブルに置き、椅子に腰を下ろして持参のナイフでジャガイモの皮をむき始める。

その手際がまたいい。あっという間に一個分が終わり、続いて二個目に取りかかった。

「あ、あの、私もお手伝いを……」

「料理をしたことは？」

ヴィルヘルミネは令嬢の趣味として人気の刺繍や裁縫、花の手入れや詩の朗読などは得意である。

だが、さすがに家事は使用人任せで、自分の手でやったことはなかった。

「あ、ありません……」

エックハルトが「恥じることはない」と笑う。

「君は令嬢だし、初めは誰でもできなくて当然だ。だが、そうだな。いきなりナイフを持たせても怪我《けが》をするから……乾燥パンを暖炉で軽く焼いて細かく砕いてくれないか」

「は、はい！」

それくらいならできそうだった。

ヴィルヘルミネが乾燥パンを砕く間に、エックハルトはグラグラ煮えるスープの中にまず乾燥肉を入れ、一口サイズに切ったジャガイモ、玉ネギ、ニンジンを放り込んだ。

最後にヴィルヘルミネから受け取ったクルトンを入れる。

「このお料理はなんですか？」

「ブラウンシチューだ。俺の好物なんだ。バターがないので風味が足りないかもしれないが……皿を用意してくれないか」

「はっ、はい！」

エックハルトはできたてのシチューを皿に掬《すく》い、最初の一杯をヴィルヘルミネにくれた。

「ありがとう、ございます……」

目を白黒させつつもエックハルトの向かいの席に腰を下ろす。

エックハルトも自分の分をよそうと、早速食事を始めようとした。

「あっ、あのっ」

「なんだ」

「お祈りをしてもよろしいでしょうか?」

科学が発展しつつある今、古くさいと笑われるもしれないが、亡き両親や兄や信心深く、皆食前には必ず神に感謝の祈りを捧《ささ》げる習慣があったのだ。

エックハルトの唇の端がわずかに上がる。

「……ああ、もちろんだ」

ヴィルヘルミネはほっと胸を撫《な》で下ろすと、目を閉じて胸の前で手を組んだ。

「主よ、あなたの慈しみに感謝してこの食事をいただきます。今いただいたこの食事が、善を行うための力となりますように」

エックハルトもヴィルヘルミネに倣《なら》って祈りを捧げた。

「あなたの慈しみに感謝します」

それではと互いにスプーンを手に取りまずは一口いただく。

「……!」

ヴィルヘルミネは「美味《おい》しい」と唸った。

香ばしいブラウンのスープに干し肉と野菜の旨《うま》みが溶け込み、カリカリと食感のいいクルトンも絶品である。

「えっ、ブラウンシチューってこんなに美味しいんですね」

エタール王国の王侯貴族は濃い色の料理をあまり好まない。

そのため、雇われ料理人もほとんど作らないメニューなのだ。だから、ヴィルヘルミネも今日初めて口にした。

「だろう？　俺のブラウンシチューは陸軍でも人気で、これ目当てで皿を持って一杯くださいと兵士が行列を作ったほどだ」

ヴィルヘルミネにも兵士たちの気持ちがよく理解できた。

「レシピを教えていただけますか？　私も作ってみたいです」

王弟が料理をするのなら令嬢だってやっても構わないだろう。

「ああ、もちろんだ。せっかくだから新婚旅行中に他の料理も教えるか？」

「はい、ぜひ！」

初夏とはいえ湖の畔にあるので夜は冷えるので、このように温かいシチューはありがたかった。

いいや、それだけではない。

ヴィルヘルミネはどうしてかしらと首を傾げた。

——どうしてこんなに美味しいのかしら。

エックハルトの料理センスによるものだけではない。

父と兄が亡くなって以来、何を食べても美味しいは思えず、食事は栄養を摂取するための作業に過ぎなくなっていたのに。

「おっと、鍋の底が焦げてしまうな」

エックハルトが席を立ち玉杓子《たまじゃくし》でシチューを掻《か》き回す。そして振り返って「ミーネ、もう一杯どうだ？」と声をかけてきた。

「……」

エックハルトを知らぬ者なら無表情にしか見えないだろう、だがヴィルヘルミネにはそうだとわかる微笑みを見ながら、ああ、そうだったのかとようやくシチューの美味の理由を悟る。

——エックハルト様と一緒だからだわ。

家族二人を亡くした悲劇以降、婚約者のルートヴィッヒと別れ、新たに縁組みしたアドリアンとは親交を深める間もなく挙式だった。

婚約中互いをよく知るどころか、食事をともにする機会もなかったのだ。

一人きりで摂る食事は味気なく、喉の通りも悪かった気がする。

だが、今は成り行きの結婚とはいえ、こうしてエックハルトが行動をともにしてくれる。

孤独がどれほど人を蝕《むしば》むのかをヴィルヘルミネは改めて実感した。

「ミーネ？」

「あっ……はい。ぜひお代わりをお願いします」

家族四人で囲んでいた食卓を思い出し涙が出そうになる。

あの日々と同じだけの温かさがその日の夕食にはあった。


丸太小屋はあくまで臨時の宿泊施設なので、浴室などという文明的な設備はない。

よって入浴は有り得ず、身を清めるにはお湯を沸かし、布を浸して清拭《せいしき》するくらいしかできない。

「もう少し大きな鍋があれば体を洗うくらいはできたんだがな」

「そ、そうですね……」

ヴィルヘルミネは顔を真っ赤にしつつ自分の腕を拭いた。

パチパチと暖炉で火が弾ける音が聞こえる。

——現在、ヴィルヘルミネとエックハルトは服を脱ぎ、互いに背を向けて自分の体を拭いている。

もうとっくにやるべきことを済ませた関係ではあるが、ベッドの中でもないのに体を晒すのには抵抗があったのだ。

エックハルトもそんな心境を理解しているのか、ずっと振り返らずにいてくれた。

「ベッドは一台足が折れていて使えないな。悪いが俺と一緒でもいいか?」

「あの、私は床でいいので……」

「何を言っている。女を床に寝かせるわけにはいかん。なら、俺がそうする。慣れているからな」

「いけません！　王弟殿下ともあろう方が！」

ヴィルヘルミネは慌てて体の向きを変えた。そのせいでばっちりとエックハルトの上半身を見てしまう。

今こうして改めて目にすると、エックハルトの肉体美は凄《すさ》まじかった。

胸板は厚くかたい筋肉が存在感を主張し、腹筋もしっかりと六つに割れている。がっしりとした肩から伸びる腕は長く筋が浮いていた。

古代の名工が腕によりをかけて彫り上げた、男性の理想像の彫像が人間になったのかと錯覚しそうになる。

慌てて再び背を向け「かしこまりました。一緒でいいです」と答える。

さすがのヴィルヘルミネも自分の間抜けさに嫌気が差した。

エックハルトに抱かれて覚悟を決めたはずなのに、これでは初心《うぶ》な乙女のようではないかと情けなくなったのだ。

この一年で強くなったと思っていたのに、エックハルトがいると引き戻されそうになる。

気を付けなければならないとおのれを叱咤《しった》していると、不意にエックハルトに声をかけられた。

「背に手は届いているか？」

確かに布は正方形なので両手で端を掴んで背中を擦るわけにはいかない。

「あっ、確かに。どうしよう……」

「貸せ」

「えっ」

「俺が拭こう」

「……」

先ほど一緒のベッドで寝ようと誘われ、一度断っているので好感度が下がっているはず。

ここでまた断り、エックハルトの無碍《むげ》にする選択肢はヴィルヘルミネには残されていなかった。

何せ制限時間内にがっつり子種を仕込んでもらわねばならないのだ。

「で、ではお願いします。あっ、なら私が先に――」

「身を清めるのは女が先だと決まっている」

それはエックハルトの中での決まりかと問う間もなく、背に新たにお湯を浸した熱い布が当てられた。

つい体をビクリとさせてしまう。

エックハルトはヴィルヘルミネの背を拭きながら、「白い肌だな」とぽつりと呟いた。

「白磁に触れているようだ」

いつもより甘い響きにヴィルヘルミネの頬が更に熱くなった。

「ずっと家か王宮にいて、あまり外に出たことがないので……」

「ここにホクロがある」

不意に指先で肩甲骨付近を突かれ心臓が跳ね上がる。

「し、知りませんでした。自分ではわからないので……」

「ここにもだ」

指先でつうと背筋を辿《たど》られ、尻の割れ目付近を刺激されて、つい「あっ」と喘ぎ声を上げてしまった。

「え、エックハルト様……」

振り返り、止めようとしたところで、今度は髪を掻《か》き分《わ》け首筋に口付けられてしまう。

「えっ……」

ちゅっと音を立てて繰り返し吸われ、軽い快感と濃厚な夜が始まる予感に肌が粟立《あわだ》つ。

「待っ……」

止めようとする言葉は途中、喘ぎ声で遮られた。

背後から拘束され、乳房を下乳からぐっと持ち上げられる。

その左手首にはあの組紐が揺れていた。どうもいつ何時《なんどき》も外すつもりはないらしい、

「あ……んっ……」

上下に揺さぶられ、弾力ある二つの肉の塊がふるふると揺れる。

指先で乳首をキュッと捻られると、「んあっ」と鼻に掛かった声が漏れ出た。

「だ……めっ……」

「……聞こえない」

エックハルトは再びヴィルヘルミネの首筋に吸い付いた。いいや、歯を立てたので噛《か》み付いている。

「エックハルト、様っ……」

「優しくしたいと思うのに、この肌に触れると理性を保てなくなる……」

「ひいっ……」

更に深く噛み付かれミーネは悶《もだ》えた。

背筋がゾクゾクして痛みとは違う感覚がせり上がってくる。

続いて腰に手を回され、その指先が足の間に入り込んでくると、また全身がビクリと跳ねた。

「あっ……」

女として大切な箇所を守ろうとする本能からなのか、ヴィルヘルミネは思わず足に力を込めた。

だが、エックハルトの大きな手は、そんな儚《はかな》い抵抗を呆気なく無意味なものにしてしまう。

強引に花弁を指先で割り開かれ、すでに濡れている蜜口を愛撫《あいぶ》と呼ぶには力強い動きで刺激されると、瞬く間に全身から力が抜け落ちてしまった。

「……っ」

足の間からぐちゅぐちゅと淫らな音が聞こえる。

エックハルトの手が動くたびに、足がピクピクと痙攣《けいれん》してしまう。

それだけでも羞恥心で体が火照るのに、不意に花心をキュッと摘まれた時には、「ひいっ」と目を見開き、あられもない声を上げてしまった。

腹の奥から脳髄に掛けて強烈な快感が電流と化して駆け抜け、腹の奥で凝っていた熱が蜜となってどっとエックハルトの手を濡らす。

「もうこんなに濡れている」

「……っ」

エックハルトはヴィルヘルミネの肩に愛《いと》おしげに口付けた。

先ほど噛み付いた時とは打って変わった優しいキスに、ヴィルヘルミネの体の緊張が一瞬解ける。

エックハルトはその油断を狙っていたかのように、まだ痙攣しているヴィルヘルミネの腰を、胡座《あぐら》を組んだ上に抱え上げた。

「なっ……」

すっかりぐちゅぐちゅにぬかるんだ蜜口に、凶悪な肉の槍《やり》の切っ先がぐっと押し当てられる。

「ひっ……」

蜜口から串刺しにされてしまう——そんな錯覚が脳裏に過る。

「あ……あっ……」

エックハルトの劣情の化身は、ヴィルヘルミネの隘路を限界まで押し広げながら、女体の感触をじっくり味わうかのように、時間を掛けてズブズブと貫いていった。

ヴィルヘルミネはもう呼吸すらろくにできない。

ひたすら涙を溜《た》めた目を見開き、我が身を苛《さいな》む熱く、硬く、太い雄の証による責めに耐えるしかなかった。

エックハルトが不意にヴィルヘルミネの腰を掴み、これ以上ないほどおのれの腰と密着させる。

ズンとヴィルヘルミネの最奥に衝撃が走る。若草色の瞳から涙がいくつも零れ落ちた。

「あ……あっ……」

なけなしの羞恥心も体の奥深くも、守るべきものをすべてエックハルトに征服されている。

ヴィルヘルミネは全身が弛緩《しかん》するのを感じた。はあっと喉の奥から熱された息を吐き出される。

「あ、つい……エックハルト様……わ、たし……もう……」

「何を言っている。これからだろう」

エックハルトは再びヴィルヘルミネの腰を下に引っ張った。

「……っ」

内臓をぐぐっと押し上げられる感覚に身悶える。

いやいやと首を横に振ろうとしたが、その前に体内を泡立つほどに掻き交ぜられ、続いて再び最奥を責められと、目まぐるしく変わるエックハルトの動きに翻弄される。

「あっ……ああっ……」

早鐘を打つ心臓の鼓動が快感とともに熱された血液を全身に送り出す。

抽挿のたびに上下左右に怪しく揺れる乳房が薄紅色に染まっていた。

「ミーネ……君の中も、背も、こんなにも熱くて濡れている」

エックハルトの厚い胸板に密着する細い背は、言われたとおりに汗に塗《まみ》れている。

その汗がエックハルトのものなのか、自分のものなのかもわからない。

体内で混ざり合い泡立つ互いの体液と同じように、もう一緒になってしまっているのかもしれない。

「あっ……エックハルト様っ……も……もっと……」

　穏やかにほしいと懇願しようとして、言葉にする前に「無理だ」と熱い吐息を首筋に吹きかけられた。

「ミーネ、君はまだ男を……いいや、俺をわかっていない」

　囁きとともに腰を突き上げられる。ぐぐっとある一点を深々と抉《えぐ》られる。

「……っ」

　衝撃にヴィルヘルミネは声を失い、天井を見上げながら口をパクパクと動かした。

「……ここか」

「ひいっ……」

　最奥を突き上げられた時と同じほどの、いいや、それ以上の感覚に全身がブルブルと震える。

　続けざまにその箇所を責められると、もう言葉どころかおのれが誰なのかすら、忘れてしまいそうだった。

「あ……あっ……あっ……んあぁっ」

　耐え切れずに背を仰け反らせる。

　目は見開いているはずなのに、絶え間なく浮かぶ涙によって視界が揺らぐ。

　最奥と弱い箇所を交互に激しく突かれることで、更にぶれて世界の輪郭が曖昧なものになっていく。

ヴィルヘルミネはもうエックハルトに与えられる快感と圧迫感と熱、みずからの心臓の鼓動しか感じられなくなっていた。

その鼓動が一際大きくドクンと鳴り響く。

――何かが来る。とてつもなく大きな波が。

「や……ああっ……え、っく……はると……さまぁ……」

エックハルトに縋《すが》り付《つ》こうとしたが力が入らない。

「な、にか……くる、きちゃうっ……」

ひっきりなしに喘ぎ続けていたので、もう声は掠《かす》れてしまっている。

エックハルトはそんなヴィルヘルミネの声に応えるかのように尻たぶに手を回し、ヴィルヘルミネのぐちゅぐちゅになった最奥をおのれの肉棒で更に強く抉った。

「ひいっ……」

体内を満たしていた蜜が行き場をなくしてシーツを濡らす。

次の瞬間、ただでさえみっしりとした質量のある肉棒がぐぐっと体積を増し、ヴィルヘルミネの隘路を更に押し広げた。

「あっ……」

何が起こるのかを雌の本能で察し、ヴィルヘルミネは熱い息を吐き出した。

だが、次の瞬間体内に放たれた雄の欲望はもっと熱く、焼け死んでしまうのではないかとぶるりと身を震わせた。

だが、その恐れも快感に打ち消され、あとはこの男の精を受け、孕みたいとの切望に身を委ねる。

「くっ……」

エックハルトは端整な顔を歪めると、なおもぐいぐいと腰を動かし、ヴィルヘルミネの体内に欲望を注ぎ込んだ。

ヴィルヘルミネはそのたびに息も絶え絶えに喘ぎ、繰り返しエックハルトの名を呼んだ――。


ヴィルヘルミネとエックハルトはそれから三泊四日を丸太小屋で過ごした。

枕を交わすのは最初の夜だけなのかと思いきや、エックハルトは種馬の役目を果たそうとしたのだろうか。

なんと毎夜夜が更けるまで激しく絡み合う羽目になった。

おかげで腰がガクガク言っている。臀部《でんぶ》は帰りの馬車に乗っただけで筋肉が痛んだ。

馬車が揺れるとまた骨が軋《きし》むのだが、エックハルトも同乗しているので、さすがに顔には出せない。

ヴィルヘルミネはチラリと向かいのエックハルトに目を向けた。

エックハルトは腕を組んで何か考え事をしている。

あれだけ激しく交わったのに、さすが王族というべきか、あるいは軍人というべきか、疲れた様子はまったくない。

絶倫とはこういうことかと驚き呆れるしかなかった。

いずれにせよとヴィルヘルミネはそっと自分の腹に手を触れた。

あれだけ精を奥に放ってもらったのだから、運が良ければ妊娠しているかもしれない。だったら早くにエックハルトを解放してやれるだろう。

そう考えるとなぜか胸の奥がチクリと痛んだ。

「……？」

この胸の痛みはなんだろう。

首を傾げていると、エックハルトに「ミーネ」と呼ばれたので、慌てて顔を上げた。

「はい、なんでしょうか」

「別荘の火災の件だが、捜査と今後の対応は俺に任せてくれないか」

「えっ？　構いませんがどうしてですか？」

「もしあの火災が何者かによる悪意の結果だったとする。今後も同じことが起こらないとは限らない」

単なる火事場泥棒の仕業ならまだいい。

だが、ヴィルヘルミネを狙った何者かの仕業だったら——。

　エックハルトにも叔父ギュンターが姪《めい》のヴィルヘルミネを追い出し、ハルディン家を乗っ取ろうとしているとの事情は説明してある。

　だから、彼もギュンターを容疑者の一人と見ているのだろう。

　ヴィルヘルミネは「そんな」と思わず声を上げた。

「エックハルト様に迷惑を掛けるわけにはいきません」

　エックハルトには種馬となってもらうだけでいい。

　あとは愛人を作ろうが遊んで暮らそうが構わないからと、最初に条件を提示したのはヴィルヘルミネなのだ。

「私がなんとかするので大丈夫です」

「ミーネ、これは君とハルディン家だけの問題ではない」

　エックハルトは鋭い視線をミーネに向けた。

「俺は君の家に婿入りはしたが王籍を抜けたわけではない」

　王籍とは王族としての籍のことだ。

　王女などの未婚の女性は結婚と同時に籍を抜かれ、相手の家の籍に名を連ねることになるが、男性の場合は少々事情が違ってくるのだという。

「エタールは男系男子のみに王位継承権がある。万が一国王が亡くなり、かつ子がいない場合、そこで王家の血筋が絶えてしまうことになる」

そうした場合分家、それもなければ他家に婿入りした王族の男性を呼び戻すことになるのだとか。

「その時のために王族の男は王籍と婿入り先の籍を二つ持つことになる」

過去に数例だがそうしたケースがあったのだとか。

「婿入り先は婿も娘も取られる形になってしまうが、国王の外戚となれば厚遇を受けられるからな。それに、生まれた子の一人を元婿入り先の養子にすればいい」

「なるほど……。王族にも婿入り先の家にも一石二鳥という形になるんですね」

「そうだ。つまり俺はまだ王族、かつ王位継承権も持っているということになる」

現国王には王女しかいない。

今後王子が生まれればもちろん第一位の継承権はそちらに移るが、現在のところエックハルトがもっとも有力な次期国王候補なのだ。

ヴィルヘルミネは背筋がゾクリとした。

今更だがなんという身分の男性を婿入りさせてしまったのかと戦慄したのだ。

エックハルトは恐《おそ》れ戦《おのの》くヴィルヘルミネを前に説明を続けた。

「あの火災は君ではなく俺を狙った者の可能性もある。この事態を放っておくわけにはいかない」

だから、捜査には国王の協力を仰ぐと説得されると、ヴィルヘルミネはもう断るすべなどなかった。

「だから俺に任せてくれ。君は何も心配しなくていい」

「はい……そういうことでしたらよろしくお願いします」

そう答えるしかなかった。

＊＊＊

エックハルトに負担は一切かけたくなかったのに、結局あんな不審火の事件に巻き込んでしまった――。

ヴィルヘルミネはハルディン本邸に帰宅後、エックハルトとの結婚を後悔し始めていた。

万が一エックハルトに何かあっては、どう責任を取ればいいのかわからない。

今日も今日とて鏡台の前で髪を梳《と》きながら溜め息を吐く始末である。

「……こうなればとにかく早く妊娠して、エックハルト様を解放してさしあげなければ」

再びそう決意し、櫛《くし》を鏡台に仕舞《しま》って立ち上がる。

「よし、身だしなみは大丈夫ね」

鏡に映ったドレス姿を確認し、立派な当主に見えるはずだと頷く。

――今日は父ダミアンから引き継いだ事業の視察に行き、次いで取引先と契約更新のための条件の確認を行う予定である。

当主として初の顔合わせなので、気を抜くわけにはいかなかった。

いざゆかんと頷き扉を開け、度肝を抜かれる。エックハルトがすぐ向こうの廊下に佇んでいたからだ。

「え、エックハルト様、何かご用ですか？」

「君が事業の取引先に行くと聞いた。俺も見学したいからついていってもいいか？」

「それはもちろん構いませんが……」

ヴィルヘルミネは戸惑いつつも、ともに馬車に乗り込んだ。

馬が嘶《いなな》き、馬車が走り出すのと同時に、エックハルトが事業について尋ねる。

「ハルディン家が馬車製造に携わっていると聞いてはいたが、この馬車も自社製品なのか？たいしたものだな」

「はい、そうです。こちらは最新式なんです」

街で走らせれば宣伝にもなるので、馬車だけは最新式のものにしている。

「君のお父上が立ち上げたそうだな。なぜ馬車を選んだのかは知っているか」

「はい、もちろんです」

ハルディン家の次期当主となるために、この一年で血反吐《ちへど》を吐くほど猛勉強したのだ。自信を持って説明することができた。

「馬車は製造工程が多いので、より多くの領民に現金収入のある仕事を与えられるからです」

設計、デザイン、材料の調達、塗装、組み立て、製品検査、販売後の整備、馬の紹介と過程ごとに仕事が発生する。

また、大勢の人手がいるのであぶれることもない。

「かつ馬車は付加価値があるので、利益率が高いんです」

こうして説明すると改めて父には先見の明があったのだと感心する。

兄のデニスも馬車が大好きで、食卓でも今後の事業計画についてよく熱く語っていた。

なのに、道半ばにして不幸な事故で夭折してしまい、さぞかし無念だったことだろうと思うと胸が痛む。

エックハルトは感心したように頷いた。

「なるほど。さすがは前ハルディン伯だ」

取引先に行くのが楽しみだと語る。

「ヴィルヘルミネ、機密でないなら資料を見せてくれ」

「……？」

ヴィルヘルミネは首を傾げた。

エックハルトが資料を読んでどうするのだろう。

とはいえ、断る理由もないので、手荷物から取り出して手渡す。

「こちらが資料です」

エックハルトは資料をパラパラと捲《めく》った。時折、「……車輪の大きさは同じか」などと頷いている。時折手を止め熟読しているところからして興味があるのだろう。

——まあ、男の方は乗り物好きが多いからでしょうね。

ヴィルヘルミネはその時はエックハルトの行動の理由を深く考えなかった。


今日ヴィルヘルミネと約束をした取引先は車輪の製造を担当する下請け業者だ。二十年ほど前までは鍋などの調理器具を生産していた。

ところが、安価な外国製品が出回ったことで失業したところを、ヴィルヘルミネの父に車輪の製造への転身を勧められ成功している。

ヴィルヘルミネを迎えに出てきた代表の男性は、「ようこそいらっしゃいました」と手放しで歓迎してくれた。

「おや？　こちらの方は……」

「夫のエックハルト殿下です。先日結婚しまして……」

「ああ！　王弟殿下ですか！　はい！　お聞きしております！」

代表は地面に擦りつけんばかりに頭を下げた。

「ささ、事務所へどうぞ。散らかっておりますが……」

それにしても顔色が悪い。具合が悪いのだろうかと心配になる。

案内された事務所の応接間は、貴族のヴィルヘルミネをもてなすためだろう。革張りの長椅子やテーブルが置かれ、壁紙も気張っているのが見て取れた。

こんなことをしなくてもいいと父も言っただろうが、代表からすればダミアンは救世主のようなものだ。

仕事を与えてくれたことへのせめてもの感謝だったのだろう。

代表は向かいの腰を下ろすと、再び深々と頭を下げた。

「先代のご当主様とデニス様には大変お世話になりました。まさかあれほど早くに亡くなってしまうとは思わず……」

お悔やみの言葉を述べられ、ヴィルヘルミネは目の奥が熱くなるのを感じた。

領地には至るところに父と兄の痕跡が残っている。

「ありがとうございます。父と兄も天国で安らかにしていることでしょう」

それにしてもやはり代表の顔色が悪い。

大丈夫なのかを尋ねようとして、組まれた両手が小刻みに震えているのに気付いた。

「あの、具合が悪いのでしょうか？　でしたら契約更新は来週でも――」

「――申し訳ございません！」

代表がテーブルに手をつき額を擦り付ける。

「こちらも更新をするつもりでした。ですが、もうできないんです」

思わずエックハルトと顔を見合わせる。

「一体何があったんですか⁉」

代表は額に浮かんだ汗を拭った。

「先週工房に強盗が侵入して……金品が盗難被害にあっただけではない。製造機を破壊されてしまったのです」

車輪には鋳型が必須なのだが、その鋳型を何者かに破壊されてしまったと。

「なんですって⁉　工房に案内してください！」

「は、はい」

ヴィルヘルミネはすぐさま工房に向かい、無惨に破壊された製造機類を目にして絶句した。

「ひどい……」

壊された鋳型が石の床に転がっている。

鋳型だけではなく材料の鉄鉱石や溶鉱炉も傷付けられていた。

「一体誰が……」

代表が「まったくわかりません」と首を横に振る。

「現金や貴金属はともかく、鋳型は我々職人にしか価値がないものです。一体誰がこんな真似《まね》をしたのか……」

当初は同業者の仕業かと疑いの目を向けたものの、そもそもハルディン領内にある下請けは平等に仕事を与えられている。

これもやはりダミアンの功績なのだが、互いに過度な価格競争で疲弊しないよう発注を分散させ、ライバルとしての対立が起こりにくい構造になっているのだ。

代表はこう訴えた。

「犯人が誰であれこのままでは車輪を作れません。鋳型を作り直すにせよ数ヶ月はかかります」

つまり、今年冬に納品予定の馬車の車輪を製造できない。

馬車製造事業の顧客は貴族や富裕層がほとんどだ。

彼らは質がいい製品には金を惜しまない分、プライバシーの厳守と約束事を守るよう要求する。

納期遅れが言語道断なわけではないが、当然信用は失うことになるだろう。

金品はなんとでもなるが、信用を取り戻すのは難しい。

だからこそ決して失ってはならないのだ。

ヴィルヘルミネはぐっと拳を握り締めた。

「……資金はこちらでなんとかします。鋳型はしばらく待っていただけますか」

「は、はい。大丈夫でしょうか」

領民の生活と財産を守るのが領主の勤め――父のダミアンは兄のデニスによくそう説いていていた。

今はヴィルヘルミネがその教えを貫かねばならない。

「私を信用してください」

ヴィルヘルミネは微笑み浮かべた。

「なんとしても工房は守ってみせます」

そう断言した以上、上に立つ者としての責任がある。

ヴィルヘルミネは代表に別れの挨拶をすると、エックハルトを連れてまた馬車に乗り込んだ。

「これからどうするつもりだ」

「まず他の下請けを当たります」

「ミーネ、俺に提案があるんだが」

「……エックハルト様を巻き込むわけには参りません」

新婚旅行でも迷惑を掛けてしまったのに。

「だが」

「とにかくできることをやってみます」

まず他社に鋳型の予備がないか聞いてみなければならない。

しかし、ぴったりの鋳型がある可能性は少ない。

下請けの工房は四社あるが、それぞれ馬車の大きさや用途に応じ、違う型の車輪の製造を依頼しているからだ。

それでもとわずかな希望に縋《すが》って各工房を訪ねたが、やはりどこも予備の鋳型はないと謝られてしまった。

「協力したいのですがこの通りうちは大型のものしかなく……」

最後の下請けに断れた時はさすがに力を落とした。

フラフラと工房を出て馬車の前に立ち尽くす。

代表に大口を叩いてしまったのだ。

実効性のある対策を立てなければと焦るが、座学で事業を勉強した程度ではいいアイデアを思い付かない。

同業者に頼んでも借りるのは無理だろう。

弱肉強食のこの世の中、ライバルを潰す格好の機会を逃すわけがない。こんな情報を漏らしてしまえば、蹴落とす材料にされて悪評を立てられるだけだ。

脳裏でいつか耳にした叔父のギュンターの幻の声が響く。

『小娘風情に伯爵家の当主が務まるはずがない。所詮女ができることなぞ男と寝て孕むくらいだ』

嘲るような口調を振り払おうと首を横に振り耳を塞ぐ。

それでもギュンターにハルディン家を渡すなど有り得ない。

だが、自分の力からだけではどうにもできない。無力であることはなんて情けなく悔しいのだろう。

「ヴィルヘルミネ」

エックハルトがヴィルヘルミネの肩に手を置いた。

「俺から提案があると言っただろう」

「いいえ、エックハルト様を巻き込むわけには――」

「――聞くんだ」

エックハルトの手に力が込められる。

「いいかミーネ、俺たちはどんなきっかけであれ夫婦になったんだ。夫婦とは互いに助け合うものだと結婚式で誓っただろう」

「そ、れは」

あくまで形式的なものだと答えようとして、すぐそばにある意志の強い瑠璃色の瞳に射抜かれ、もう以上何も言えなくなってしまった。

「力不足が悔しいんだろう？　気持ちはよくわかる。そんな時には頼ってもいいんだ。君には俺がいる」

「で、も」

なおも言い募ろうとするヴィルヘルミネを見てエックハルトが苦笑する。

「頑固な人だな」

そして、不意にヴィルヘルミネの顎を掴んで上向かせた。

「な――」

そのまま覆《おお》い被《かぶ》さるように口付けられ、ヴィルヘルミネは若草色の目を見開いた。

「んっ……」

エックハルトの唇は蕩けるように熱い。

こんなところでと抗議しようとして、続いて強引に唇を割り開かれ、舌先を吸われると腰がかくりとして力が抜け落ちた。

「ん……ふ……」

吐息を吹き込まれると体の中から熱され、もう何も考えられなくなってしまう。

エックハルトはくたりとしたヴィルヘルミネを支えながら唇を離した。

そっと滑らかな頬を撫で、更に瞼に唇を落とす。

「気負いは取れたか？」

「……」

気負いどころではなく深い口付けに気力も奪われてしまったではないか。

「いいか。俺に任せろ」

もう小さく頷くしかない。

エックハルトは唇をわずかに上げ、「いい子だ」と再度ヴィルヘルミネの頬を撫でた。

直後にその優しげな表情が一転し、今度は不敵な笑みに変わったので、ヴィルヘルミネはまた驚く。

エックハルトは普段は無表情に近いのに、だからこそなのか些細《ささい》な変化から目が離せないのだ。

エックハルトはヴィルヘルミネをそっと胸に抱き締めながらこう呟いた。

「俺が伊達《だて》に軍人をやっているわけではないということを今回の犯人に教えてやる」


エックハルトは王弟であるだけはなく陸軍将校だ。

当然自国の軍隊のコネだけではなく、同盟国の軍隊とも付き合いがある。

エックハルトはその伝手《つて》を辿り、遠方の同盟国の一国の将校と連絡を取ってくれた。

「軍隊も当然馬車の製造業者と付き合いが深い。ただし、物資を運ぶための荷馬車だが」

装飾や塗装は贅沢《ぜいたく》な王侯貴族のものと違っても、車輪は基本的などの馬車でも同じ。

更に遠方の国の国内専門の業者なら、市場が被らないので借り受けやすい。

エックハルトのこの読みは見事に当たり、一週間後には友人の将校から承諾の返事をもらい、二週間後には無事求める型の鋳型が送られてきた。

例の代表に確かめてもらうと、多少の調整は必要だが十分使えると喜んでくれた。

「ありがとうございます！　こちらはなるべく早くお返しします！」

その間に新たな鋳型を作成すると涙を流す。

「こちらの賃貸料は……」

「ああ、いい。ただ、また戦争が起こった際、荷馬車の車輪を提供してくれないか」

「それはもちろんです！」

代表者は力強く頷き、早速仕事に取りかかると張り切っていた。

ヴィルヘルミネは代表者に挨拶後、工房から出るなりヘナヘナとその場にしゃがみ込んだ。

「ミーネ、どうした」

エックハルトがすぐに腕を取って立ち上がらせてくれる。

「よかったって思って……」

自分も頑張ったつもりなのに力及ばず悔しかったとか、そんなくだらないプライドなどもうどうでもいい。

あの工房が今後も仕事を続けられ、亡き父と兄が守ろうとした事業が、信用を失わずに済んでよかった――それだけだった。

緊張が一気に解けたからか今まで堪えていた不安が涙になって零れ落ちる。止めようとしても止められない。

「ご、ごめんなさい」

「……」

エックハルトは黙ってヴィルヘルミネを見下ろしている。

「こんな、子どもみたいに……」

長い腕がヴィルヘルミネの細い背にそっと回される。形のいい薄い唇が頬に押し当てられ零れ落ちた涙を啜《すす》った。

「……そうか。君もまだ、たった十九だったんだな」

ヴィルヘルミネは首を傾げた。

君「も」とはどういう意味なのだろうか。

「エックハルト様……？」

エックハルトはヴィルヘルミネを胸に深く抱き締める。

ヴィルヘルミネはエックハルトが何を考えているのかわからず、戸惑いながらも、その胸の広さと体温に心地よさを感じている自分に気付いていた。

エックハルトはヴィルヘルミネを元気付けようとしたのか、その後最寄りの繁華街へ連れて行ってくれた。

「なんだって。遊びにいったことがないだって？」

「は、はい」

令嬢時代のヴィルヘルミネの趣味は手芸や花の手入れで、外出する必要がなかったのだ。

「そうか。花が好きなのか……。確かにハルディン家の庭園は見事だな」

エックハルトはしばらく考え込んでいたが、やがて「よし」と頷きヴィルヘルミネを馬車に押し込んだ。

「ど、どこへ行くつもりですか？」

「街のマルクトだよ。夕方からもやっているはずだ」

マルクトとは週に一度大通りや教会前で開催される青空市なのだという。

ヴィルヘルミネは初めて見るその光景に歓声を上げた。

「わあ……すごい」

出店が教会前の広場を埋め尽くしている。

赤、緑、白とオレンジの縞《しま》模様と、色とりどりの布の屋根が目に鮮やかだ。

出店は販売する商品ごとに区画が分けられているらしい。

肉と卵の区画、魚介類の区画、穀物や果物の区画、日用品の区画と様々だ。もちろん、花や木の区画もあった。

ヴィルヘルミネは目を輝かせて花屋の屋台を梯子《はしご》していった。

「わあっ、すごい。胡蝶蘭《こちょうらん》……」

「この花がそんなにすごいのか?」

「はい。育てるのが難しいんです。でも薔薇《ばら》と同じくらい人気で、品評会があるくらいなんですよ」

船来品の花も数多く売買されていた。

「これは桜っていう東洋の木の苗なんです。アーモンドに似た花を咲かせるんですよ。図鑑でしか見たことなかった……。一鉢買おうかしら」

ほしい。

だが、輸入物なだけあってかなり高い。ハルディン家の当主でも迷うほどの値段だった。

やっぱりやめようと諦め掛けたその時、エックハルトが店主に声を掛ける。

「よし、店主、この苗をくれ」

「えっ……」

「重いですが大丈夫ですか」

「ああ」

エックハルトは包まれた鉢を受け取ると、「いい買い物ができたな」と微笑んだ。

「この花はいつ咲くんだ? 春か? 夏か?」

「え、エックハルト様、あんな高いものを……」

エックハルトは唇の端に笑みを浮かべた。

「俺も一応将校だから、手柄を上げるたびに恩賞をいただいていてな」

しかし、贅沢にはまったく興味がないので、使い道がなく貯《た》まるばかりだったのだという。

「たまにはこうした買い物もいいだろう。夫としての見栄《みえ》を張らせてくれ」

そう頼まれてしまうと、ヴィルヘルミネももう何も言えなかった。

それからも二人はマルクトの花市場を隅々まで堪能した。

楽しすぎて日が暮れかけていたのにも気付かなかったほどだ。

見ると、いくつかの店はもう店仕舞いをしようとしていた。

「俺たちもそろそろ帰るか」

「そうですね」

馬車を停めてある駐車場へと向かう。

ところがエックハルトはある花屋の前で足を止めた。

「エックハルト様？　どうしたんですか？」

店頭にある花に目を留めている。

「店主、この花をある分だけくれ」

「へい、かしこまりました」

エックハルトは花を受け取ると、精悍な頬をわずかに染めながらヴィルヘルミネに手渡した。

「あの、これ……」

花弁が何層にも重なった、薄紅色の可愛らしいガーベラだった。

「俺のような軍人からもらっても嬉しくないかもしれないが……」

この花を目にした途端、ヴィルヘルミネのようだと感じたのだと言う。

「まったく慣れないことはするものじゃないな」

エックハルトは苦笑しつつ頭を掻いている。

その照れ臭そうな瑠璃色の瞳を見上げながら、ヴィルヘルミネは心の中で「どうしよう」と呟いた。

――私、エックハルト様を愛し始めている。


その夜は雲一つない冴《さ》え冴《ざ》えとした満月だった。

当主夫妻の寝室にも窓から月明かりが差し込み、ランプの明かりが必要ないほどだった。

「え、エックハルト様……」

ヴィルヘルミネは寝間着をはだけられ、間から見え隠れしている豊かな乳房を、頬を染めながら覆い隠した。

「やっぱり今夜は……」

「なぜだ？」

「だって、こんなに明るくて……」

エックハルトの赤毛も、端整な精悍な顔立ちも、意志の強そうな瑠璃色の瞳も、逞しい肉体も、左手首に巻かれた組紐もすべて露わに見えてしまい恥ずかしい。

エックハルトの目に映る自分も、これほどいやらしいのかと思うと、正気を保てそうになかった。

エックハルトはヴィルヘルミネの手を取り、目を伏せて甲に口付けた。

「君は子種がほしいと言っていただろう。妊娠の確率を高めるために毎夜でもと言ってなかったか」

「そ、れは……」

今となってはなぜあんなことを口走ったのかと後悔するしかない。

エックハルトはその間にヴィルヘルミネの寝間着を脱がせ、止める間もなく胸の谷間に顔を埋めた。すでにぷっくり立っている先端を咥《くわ》え軽く食《は》む。

「ひや、あっ……」

乳首への刺激だけではなく、赤毛の前髪の先端が刺さり、たちまち肌が粟立つ。

エックハルトは左の乳房を揉《も》み込《こ》みながらヴィルヘルミネに尋ねた。

「そして、君も俺に抱かれるのが嫌いではない。違うか？」

「……っ」

違わない。恥ずかしい、恥ずかしいと訴えながらも、エックハルトに触れられるたびに体は反応し、早く熱いすりこぎで貫いてほしいと訴えている。

何せもう足の間にはじわりと蜜が滲《にじ》んでいるのだ。

「わ、たし……」

「すべて俺に任せておけばいい」

エックハルトは言葉とともに音を立てて乳房を吸った。

「あっ……やっ……」

ちゅうちゅうと胸から聞こえる音が耳まで届き、なけなしの羞恥心が耐え切れず、エックハルトの肩を掴んで押し戻そうとする。

だが、執拗に胸を責められるごとに腕から力が抜け落ち、ついにパタリとシーツの上に落ちてしまった。

エックハルトはそんなヴィルヘルミネの反応を見逃さず、腕の一本を掴んでぐっと高く持ち上げた。

すでにうっすら汗ばんでいた脇を露わにする。

「あっ……そ、んなっ……」

次の瞬間、濡れた柔らかい何かがヴィルヘルミネの無防備なそこを舐《ねぶ》った。

それがエックハルトの舌なのだと気付き、その感触と熱さに子宮がきゅっと疼《うず》いて、まだ新たな性感帯があったのかと驚く。

「は……あっ……」

乳房や脇への舌での愛撫はヴィルヘルミネの肌だけではなく、肌全体を温め、刺激し、これから始まるめくるめく一時への期待を高めていく。

だが、エックハルトはなかなか肝心なものをくれない。

あの熱い一物で早く体を貫いてほしいのに。

「エックハルト様っ……」

ヴィルヘルミネはもう我慢できないとばかりに、エックハルトの肩に手を回しただけではない。すらりとした白い足を淫らにエックハルトの腰に絡めた。

「は、やく……」

来て、と言いたいのに舌で脇を責めつつ、加えて乳首をきゅっと捻られたことで、快感で噎せてしまい熱い息しか吐き出せなくなる。

なのに、エックハルトはこんな意地悪を言うのだ。

「ミーネ、自分から言ってみろ。俺にどうしてほしいんだ?」

「……っ」

そんなことを言わせるつもりなのかと恨めしくなるが、エックハルトを求める劣情には叶わなかった。

「こうして、ほしいのっ……」

息も絶え絶えの涙声で訴え、エックハルトの手をみずからの花園へ導く。

ヴィルヘルミネの蜜口はすでに蜜を滾々と分泌し、花弁と花心、申し訳程度の黄金色の和毛をしとどに濡らしていた。

エックハルトの力強い手がその花園を瞬く間に蹂躙《じゅうりん》する。

二本の指先がひくひくと蠢く花弁を容赦なく曝き、秘められていた花心を剥《む》き出しにする。

そこはもう薄紅色に充血し、ぷっくりと腫れて妖しく雄を誘っていた。

エックハルトは遠慮なく花心を爪で掻いた。

「ひゃんっ」

激しい痺《しび》れとその後に来る疼痛がヴィルヘルミネの秘所を切なく苛む。

更に花心を剥《む》かれて中を嬲られると、腹の奥から脳髄が繰り返し痺れて、ろくな思考ができなくなっていった。

はっはっはっと犬のように荒く息を吐き出すことしかできない。

その間に子宮が滾々と蜜を分泌し、エックハルトの指をぐちゅぐちゅに濡らしたことで、よりスムーズに隘路に侵入できるようにする効果があったなどと想像できるはずがなかった。

「あんっ……」

圧迫感に白い足の爪先がピンと引き攣る。

「えっく……あっ……あっ！」

「どうしたミーネ」

ヴィルヘルミネは若草色の瞳に涙を浮かべた。

「違って、ないけど、違……ああっ」

体内でエックハルトの指がくいと曲げられ、ヴィルヘルミネの弱い箇所を責める。

「あっ……そうじゃ……あっ……」

力を振り絞って震える手をエックハルトの肩に掛ける。

「……を」

「聞こえない」

「こ、だね……を」

くださいと言おうとしたのだが、再び弱い箇所をぐぐっと押し上げられ、咽《むせ》ぶような吐息に言葉を散らされてしまう。

「あっ……あっ……い、じ、わ……」

そのセリフも最後まで言えなかった。

「……っ」

涙が溢《あふ》れそうな若草色の瞳がエックハルトの瑠璃色のそれを映す。

エックハルトはヴィルヘルミネを見下ろし、「君は可愛いな」と溜め息を吐いた。

「可愛いから、虐《いじ》めたくなる……」

エックハルトが不意に指を引き抜く。

「あんっ」

ヴィルヘルミネが内壁を擦られる感覚に身悶え、快感に泣き濡《ぬ》れている間に、指先をぬらぬらと濡らす蜜を舌で舐《な》め取った。

「ミーネ」

言葉とともにヴィルヘルミネの弛緩した両足をぐっと掴む。

エックハルトによる丁寧かつ執拗な前戯で、ヴィルヘルミネのそこは薄紅色に上気し、愛液を纏《まと》わり付かせながら妖しく蠢《うごめ》いていた。

エックハルトは猛《たけ》る欲情のままに、おのれの雄の証でヴィルヘルミネを貫いた。

「……っ」

一瞬の出来事だった。

もう少し時間を掛けるものだと思い込んでいたので、不意打ちの衝撃にヴィルヘルミネは背を仰け反らせた。

続けざまにぐりぐりと最奥を押し上げられ、「ひあっ……」と悲鳴とも嬌声《きょうせい》ともつかぬ声を上げてしまう。その後は体を揺さぶられるばかりだった。

エックハルトの一物は欲望で一層質量を増し、熱されたことで、ヴィルヘルミネの隘路と最奥をより激しく苛んだ。

「あっ……。……っ。うあっ……」

エックハルトが腰を叩き付けるたびに、ぐちゅぐちゅと繋《つな》がった箇所から淫らな音がして、ヴィルヘルミネの細い体が上下に揺れる。

心臓の鼓動が耳にも届くほど激しく早鐘を撞《つ》いている。

同じ鼓動が体の中からも響いてくるのは、エックハルトの一物も脈打っているからだと気付くと、より身も心も熱くなる思いがした。

不意に弱い箇所を肉棒でぐっと押し上げられて目を見開く。

「ひ……あっ」

快感で開きっぱなしの唇から唾液がわずかに零れ落ちた。

先ほど指でも嬲られたところだ。

より太く熱い肉棒で抉られると、腹の奥から激しい痺れが走って喉まで麻痺《まひ》し、エックハルトの肩越しに天井を見上げたまま絶句するしかなかった。

「ミーネ……なぜ何も言わない」

言わないのではなく言えないのだ――そんな言い訳をする時間もなかった。

前触れもなくぐっと両腕を掴まれ、ぐいと抱き起こされたかと思うと、エックハルトの胡座の上に乗せられたのだ。

力を失っていたヴィルヘルミネの体が、ぐったりとエックハルトにもたれかかる。

こうして動いていないと繋がったままのエックハルトの一物の存在感を思い知ってしまう。

だが、しばらく休ませてもらえるのだろうか——そんな期待は呆気なく裏切られてしまった。

腰を掴まれ、真上に浮かせられたのだと気付いた時には、体内からエックハルトの分身が間際まで抜け出ていた。

「あっ……」

内壁を肉棒で擦られる感覚に全身の肌が泡立つ。

肉棒とともにぶひゅっと音がして、漏れ出た愛液がシーツを濡らした。

だが、次の瞬間にはパンと音を立てて落とされて絶句する。

何が起こったのか理解する前に、最奥の更に奥まで肉棒が貫いてきた。

「あ……あっ……」

白い背が弓なりに仰け反る。

そのまま背後に倒れそうになったところで、エックハルトの腕がヴィルヘルミネをおのれの胸に抱き戻した。

ヴィルヘルミネはいやいやと首を横に振った。

「ひ……ど……いっ……」

こんな真下から串刺しにされる拷問のような、いや、拷問と呼ぶにはあまりに甘美な——。

「あっ……」

「ミーネ……」

エックハルトはまだ味わい足りないとばかりに、開いたままのヴィルヘルミネの唇を奪った。

「ん……ふっ……」

再び深く胸に抱き締められる。

ふるふる揺れていた乳房が、エックハルトの胸板に押し当てられ、ピンと立っていた先端が柔肉にめり込んだ。

「ヴィルヘルミネ……」

エックハルトの吐息が首筋に掛かる。

それだけでもう、肌が焼け焦げてしまいそうになる。

互いの快感の波が最高潮に達したところで、エックハルトは再度ヴィルヘルミネの腰を掴んだ。

前後に激しく揺すぶりヴィルヘルミネの内部を掻き交ぜたかと思うと、次は上下に動かしてヴィルヘルミネの体内のより奥へ、奥へと腰を進める。

「あっ……あっ……。……っ。うあっ……」

エックハルトの肉棒に貫かれるごとに、涙が押し出されるように盛り上がり、上気した頬に次々と零れ落ちていく。

乳房と胸板も繋がる箇所と同様激しく擦れ合って、互いの汗が混じり合いもうどちらのものかわからなくなっていた。

「え……っく……ああっ……」

ヴィルヘルミネの心臓が大きく跳ね上がる。同時に、エックハルトで満たされた下腹部から背筋、更に脳髄にかけて劣情の奔流が駆け上っていった。

「んあっ……」

エックハルトの赤い眉もおのれを放つ強烈な快感に歪む。

「くっ……」

エックハルトはヴィルヘルミネの背に回した手に力を込めた。

獣さながらの唸《うな》り声《ごえ》を上げる。

ヴィルヘルミネは次の瞬間、体の奥までみっちりと埋められた肉棒が、独立した生き物のようにビクビクと痙攣するのを感じた。

「あっ……」

嵐のような劣情と快感の波に翻弄され、早く子どもがほしいだとか、家のことなどもう頭から吹き飛んでいた。

第三章　私の心を惑わせないで！

早いものでエックハルトと結婚して四ヶ月が経った。

季節は秋。

王宮の庭園の木々の葉も黄金色に変化し、若葉だった頃とはまた違う憂いのある美しさを見せている。

ヴィルヘルミネはそんな庭園を見下ろしながらお茶を一口飲んだ。

「やっぱりここからの眺めが一番好きです」

「あなたは昔からよくそう言っていたわね」

「ここ」とは王族の居間のバルコニーだ。

お茶会ができるよう広く設計されており、飾り格子の間から風光明媚な庭園の景色を楽しむこともできる。

当然本来なら王族しか使えない。

だが、結婚前に王妃カロリーネの侍女を務め、お気に入りだったヴィルヘルミネは、よくこの部屋に招かれていたのだ。

カロリーネは近頃公務も少なく退屈していたのだろうか。

エックハルトとの新婚生活を聞かせてくれと、久々に元侍女のヴィルヘルミネを王宮に招いたのだった。

興味津々といった風に尋ねる。

「どう？　義弟との新婚生活は」

「……はい。順調ですし、よく助けていただいております」

「もう、最初の間は何よ」

カロリーネは今年三十一歳になる。

四十五歳の国王との間には双子の王女がいたが、いまだに王子が生まれていない。

臣下らにはまだ産めると期待されていた。

実際、カロリーネは若々しく、まだ二十代半ばに見える。

結い上げられた亜麻色の巻き毛は艶《つや》やかで、すみれ色のドレスの胸元から見え隠れする肌はピンと張っている。

しかし、本人はヴィルヘルミネが仕えていた頃からよく、「もう私も年だわ」と零《こぼ》していた。

「王子の出産が王妃の役目だとはわかっているのよ。でも、アウグステとクリスティーナを産んだだけでもきつかったのに、もう一人となると体力が保ちそうにないわ。ただでさえ難産だったのに」とも。

「いっそ、陛下が愛人でも作ってくれればね。その子を密《ひそ》かに養子にして……って手が私も使えればいいんだけど、さすがに人道的にどうかと思うしねえ」

愛人はともかくヴィルヘルミネも似たような立場である。

お家存続のために是が非でも子をもうけねばならない。

しかし、カロリーネの方に伸し掛かる重さは自分の比ではないだろうと同乗してしまった。

何せお家どころかお国を背負っているのだから。

「まあ、とにかく順調なら良かったわ」

カロリーネは栗《くり》菓子を一つ摘まんだ。

「それにしてもとんでもない結婚だったわね。ああ、非難しているわけじゃないのよ。あの子らしいなと思っただけ」

あの子とはエックハルトを意味する。

カロリーネとエックハルトは五歳違い。

母国に残してきた弟に雰囲気が似ていたので、どれだけガタイが良くなろうと、ついあの子と呼んでしまうのだと笑っていた。

「エックハルト様らしいと申しますと?」

ヴィルヘルミネが尋ねると、カロリーネは肩を竦《すく》めてこう答えた。

「いまだに反抗期なところかしら」

「は、反抗期、ですか？」

まるでピンと来ない。

確かにエックハルトは実家の王家のことはほとんど話さない。

それは反抗期の表れと言うよりは、単に語るほどの問題がないからだと捉えていたのだ。

だが、出会ったばかりの頃、交わした会話の一部をふと思い出す。

爵位が伯爵以上の家柄出身の男性なら、誰でもいいから結婚したいと打ち明けると、「それほど家が大事なのか」と唸っていなかったか。

今思えば一体何が気に入らなかったのか。

「あら、ミーネはあの子の生い立ちを知らないの？」

「生い立ち……？」

「公然の秘密なんだけど、ああ、そうね。あなたは人の噂《うわさ》には興味がなかったわね」

そうなのだ。

ヴィルヘルミネは人伝《ひとづて》に聞く噂を信用していない。

なぜなら、伝言ゲームさながらに内容が変わったり、大げさになったりしている可能性が高いし、たとえ一人分だとしても悪意が入り込めば評判も悪評に転じる。

これは母の教えが大きかった。

『ミーネ、いい？　人とはちゃんと会って、目を見て話し合わないと駄目よ。そうじゃないとその人がどんな人かわからない。長い年月の間に人が変わることもあるわ。だから、思い出だけじゃなく今のその人自身に向き合わないと駄目よ』

カロリーネは目を細めてヴィルヘルミネを見つめた。

「そう、あなたのそんな真《ま》っ直《す》ぐなところが好きだったのよねえ。社交界での会話って面白おかしい噂で成り立っているようなものだから」

自分のささやかな信念を貫くヴィルヘルミネが眩《まぶ》しかったのだと笑う。

「まあ、でもこれは伝えておいた方がいいと思うのよ。あのね、あの子は確かに陛下の弟君よ。でも、母親が違うの」

「えっ……」

初耳だった。

「でも、前王妃様の間に生まれたと聞いているのですが」

「ちょっとこの辺は王家の事情があるの。今も昔もお世継ぎ問題は変わらないわね」

現国王は上にすでに嫁いだ姉が一人、同じく妹が一人いる。

前王妃は妹姫を産んだのち、なかなか子を孕めなかった。

「でも、私の夫一人じゃ心許《こころもと》ないでしょう？　もう一人王子をと臣下から要求されていた頃、前国王陛下に庶子がいるってわかったのよ」

しかもだとカロリーネは言葉を続けた。

「前国王陛下は前王妃様一筋で、浮気なんて有り得ないと思われていたから大騒ぎだったわ」

「……」

なかなかヘビーな事情にゴクリと息を呑む。

「それがせめて貴族の女性の愛人なら前王妃様も受け入れられたかもしれないわね。でも、あの子を産んだ女性は貴族どころかなんの身分もないメイドだったのよ」

しかも、若い頃の王妃に面差しと雰囲気がよく似ていたのだとか。

「更に、そのメイドは、その時分の妹姫と同じ歳で子どもを産んでいて、王妃様は荒れるどころじゃなかったわ」

衝撃的過ぎる情報にヴィルヘルミネはもう言葉もなかった。

カロリーネは話を続けた。

「そんな状態なのに臣下たちは前国王陛下にあの子を引き取るべきだって主張したのよねぇ……」

前王妃はこれ以上王子を産めないかもしれない。

王太子に万が一のことがあった場合、どうしてもスペアとなる第二王子が必要だ。

だから、そのメイドの娘からエックハルトを取り上げ、王妃の実子として王籍に入れればいい。

当時エックハルトはすでに十歳だったが、今までは体が弱く、いつ死ぬかわからないので存在を公表できなかった——そう言い訳をすれば丸く収まるとも主張したのだとか。

「……全然収まらないのではないですか」

少なくとも前王妃はそんな心境にはなれなかっただろう。

夫の浮気相手との子どもを実子として扱うなど、拷問を受けるのにも等しかったのではないか。

「そうよね。だけど、前国王陛下がそうしちゃったのよねえ」

「……」

前王妃を哀れに思うのと同時に、当時まだ幼かったエックハルトの気持ちを思う。

「ということは、お母様といきなり引き離されたんですよね」

「そうね」

「ショック……だったでしょうね」

ヴィルヘルミネが当時のエックハルトと同じ年頃だった頃は、まだまだ家族に甘えたい盛りだった気がする。

なのに、エックハルトは——。

カロリーネは溜め息を吐いた。

「……そのメイドの娘は妊娠したことに気が付いて退職したそうよ。それから王の子ってことは隠して、故郷で一人で産んで育てていたみたい」

本人は無学で文字もろくに読めなかったそうだが、息子には少しでもいい未来を与えてやりたいと、有料の教会学校に通わせていたのだという。

「立派な方だったんですね……」

十代の若さで国王に手を付けられ妊娠してしまい、その後何も言わずに一人で出産を決意し、子を育てる――。

苦労を比べてはいけないとは思うのだが、それは貴族令嬢という立場で家を守るよりも、はるかに長く苦しい道に思えた。

そんな人間として立派な、愛情深い母親から引き離されてしまえば、王家に反抗的にもなる。

「それからエックハルト様はどうなったのですか」

「説明した通り前王妃様の実子として育てられたわ。でもねえ、我が子だって相性が合わないこともあるのに、なさぬ仲となれば尚更よね」

それでも愛する前国王の懇願――実質命令でエックハルトの母となった前王妃は、一体どのように義理の息子を育てたのだろうか。

ヴィルヘルミネには想像もつかなかった。

「エックハルト様は……その後実のお母様とは……会えなかったのですか？」

カロリーネは肩を竦めた。

「そんなことができると思う？　それでは前王妃様の立場がなくなるわ。いくら陛下でもそんなことはできなかったでしょう」

一番とばっちりを受けたのは前王妃ではなくエックハルトなのだ。

訳もわからず母親と引き離され見知らぬ王宮に連れて行かれ、今日からお前は王子で見知らぬ女を母と呼べと迫られる――幼い子どもにとってそれがどれほど残酷な仕打ちか。

「それでは反抗的にもなりますよね……」

エックハルトが幼い公女との縁談を断り、自分と結婚したのも前王への意趣返しなのかもしれない。

エックハルトの生い立ちは壮絶で、ヴィルヘルミネは溜め息を吐くしかなかった。

「……エックハルトが陸軍に入隊したのは王族の義務だからってだけじゃないと思うの」

カロリーネは飾り格子の外の紅葉に目を向けた。

「演習や遠征が多くて王宮から離れられるからじゃないかしら」

鋭い指摘にはっとする。

カロリーネは「あくまで推測よ」と肩を竦めてティーカップを手に取った。

「私のいけない癖ね。つい人の過去をあれこれ想像してしまうの。でも、よかったわ」

「よかったって……何がですか？」

「あの子の結婚相手があなたで」

「……」

どんな顔をすればいいのかわからない。

「あなた、人と思いやれるいい子だから」

ヴィルヘルミネは膝の上で拳を握り締めた。

──そんなことはまったくないわ。自分の家のことばかり考えていたのに。

それに果たしていい子が一体どこまで、なんの役に立つのか、やはりわからない。

ヴィルヘルミネは微笑んでこう答えるしかなかった。

「ありがとう、ございます……」


──今夜エックハルトは王宮での軍事会議と晩餐会《ばんさんかい》に出席。その後仲間の軍人たちとも酒宴にも参加するので、帰らない可能性が高いと聞いている。

久々の独り寝はなんとなく落ち着かない。

ヴィルヘルミネはベッドの中で寝返りを打った。

カロリーネからエックハルトの生い立ちを聞いて以来、そのことばかり考えてしまう。

──私は同情しているのかしら？

あれほど力強く逞しい男性にとおかしくなってしまった。

「ううん、違うわ……」

ようやく認められずにいた思いを認める。

「私、エックハルト様が好きなのよ……」

いつの間にか一人の異性として愛してしまっていた。

だから、寄り添い力になりたいと思う。

一体自分はエックハルトのために何ができるのだろう。

以前は子を成し、早く解放してやらねばと考えていた。

しかし、この結婚がカロリーネの言う通り王家への反抗の結果で、国王への意趣返しになっているのなら、継続した方がいいのではないかとも思う。

「ああ、駄目だわ。一人で考えても何もならない」

こうなったらエックハルトの希望を聞き出さねばならない。

しかし、一体どう切り出せばいいのかわからなかった。

ウンウン唸りつつ寝返りを打つ。するといきなり視界を黒い何かで遮られ、更に唇を塞がれたので驚いた。

「……⁉」

度肝を抜かれて目を見開く。

「ん……んんっ！」

この状況はもしやキスされているのか。

そして、当主夫妻の寝室に立ち入ることができるのも、こんな真似ができるのもたった一人しかいない。

「ぷはっ……」

ようやく唇を解放され空気にありつく。

「ミーネ、起きていたのか?」

「……」

やはりエックハルトだった。

ランプの明かりで浮かび上がった端整な美貌は少々気まずそうだ。

「あ、あの今……」

「……その……酔っていた」

「……」

確かに吐息が少々酒臭かった気もする。

「……珍しいですね」

ヴィルヘルミネは酒が弱く、ほとんど飲まないが、エックハルトは酒に強いとは聞いていた。

だが、結婚してからはほとんど飲みにいったことはない。

「ああ、部下に誘われてな」

なんとなくそこで会話が途切れてしまう。

沈黙を破ったのはエックハルトの方だった。

「済まなかった……。着替えて頭を冷やしてくる」

くるりと背を向け寝室を出て行こうとしたので、ヴィルヘルミネは反射的に上着の裾を引っ張った。

「ま……待ってください！」

エックハルトが驚いたように振り返る。

「どうした？」

「そ、その……」

引き止めたはいいがどうすればいいのかわからない。

ようやく出てきた嘘の言い訳がこれだった。

「あの、ちょっと怖い夢を見て心細くて……。しばらくここにいてくれませんか」

「……」

「ご、ごめんなさい。馬鹿なこと頼んで。行ってください」

「いや……」

エックハルトはどかりとベッドの縁に腰を下ろした。

「俺も子どもの頃、いやな夢をよく見たからわかる」

「えっ……」

この逞しく頼《たよ》り甲斐《がい》のあるエックハルトがと驚く。

まだ実母とともに暮らしていた頃だろうか。それとも王宮に引き取られてからの話だろうか。

そして、どんな悪夢を見たのだろう。

だが、そんなことは聞けそうにない。

なぜなら、エックハルトはヴィルヘルミネに生い立ちをまだ話していない。

彼の性格からして話すべきことは話すという気がするし、仮初めとはいえ結婚しても打ち明けないということは、知られたくないからではないかと感じたからだ。

だから、逆に夢の内容を聞かれた時には驚いた。

「君が見る悪夢はどんなものだ」

「そ、れは……」

さすがに今更嘘でしたとは言えず、父と兄が揃って亡くなった頃、毎日のようによく見た悪夢を思い出す。

当時はまだ一人でハルディン家を背負い、ギュンターと戦うのが怖かった。

不安で、泣きたくて、逃げ出してしまいたくて、でもやっぱりどうにかしたくて、そんな思いで心がぐちゃぐちゃになっていたせいか、毎日のように見えていた夢だ。

「お母様も……お父様も……お兄様も……一人ずつ私にさようならと背を向けて……遠いところに行ってしまう夢です」

「本当に、怖かった……」

ヴィルヘルミネはシーツをぎゅっと握り締めた。

いつも泣きながら目が覚めて、あれは夢だったのだと胸を撫で下ろして、やっぱり現実だったのだと絶望して、そんな夜の繰り返しに眠ることが恐ろしくなっていた。

ああ、いけないと唇を噛《か》み締《し》める。

こうして話すと心があの弱かった頃に戻ってしまう。

ギュンターにこれ以上隙を見せないために、毅然《きぜん》とした当主でなければならないのに。

エックハルトのそばにいるとどうしても――。

「……申し訳、ありません」

エックハルトの瑠璃色の瞳が横たわるヴィルヘルミネに向けられる。

「なぜ謝る」

「こんな愚痴を言ってしまって」

「……」

大きな手がヴィルヘルミネの金髪に埋められる。

「そんな夜もあるだろう」

「そう、でしょうか」

再び沈黙が落ちる。

そしてやはり最初に口を開いたのはエックハルトの方だった。

「……ところで、今日部下から聞いたのだが、君にはあの熟女専とは別の婚約者がいたそうだな」

「別の婚約者？」

しばらく考え「ああ」と呟く。

「ルートヴィッヒ様のことですか？」

すでにルートヴィッヒも伯爵家に相応しい令嬢と結婚したと聞いている。

そういえばルートヴィッヒについてはエックハルトには話していなかった。

とっくに婚約を解消しているので、打ち明けると言う発想もなかったからなのだが。

「アドリアン様の前に婚約していたんです。でも、伯爵家の嫡男で婿入りはできないから結局婚約破棄するしかなくて」

「……そうか。それは残念だったな」

エックハルトは膝の上に手を組んでいたが、やがて「君の兄の友人の友人だったとも聞いたな」と口を開いた。

「親しかったのか？」

ヴィルヘルミネはなぜそんなことを聞くのかと首を傾げた。

「まあ、親しいと言えば親しかったような……」

一般的な貴族の婚約者同士のセオリーに則って、双方の家族で顔合わせをしたし、二人で舞踏会に行くこともあったが、それだけだ。

先ほどエックハルトに指摘されるまで、ルートヴィッヒのことなどすっかり忘れていた。

だから、素直に「もう昔のことですから」と答えた。

しかし納得できないところがあったのか、エックハルトは「どれほど昔の話だ」と問い詰めてきた。

しかも、その広い背からは何やら赤いオーラが立ち上っている気がする。

一体何が気に障ったのだろうか。

ヴィルヘルミネは怯えつつも、「婚約破棄したのが二年くらい前でしょうか」と返した。

逆にまだそれだけしか時間が経っていなかったとも驚く。

その後エックハルトと結婚するまでは怒濤の濃い展開だったからか、もう何年もの年月が過ぎていた気がしていたから。

「二年……たった二年か」

エックハルトが悔しげに歯ぎしりをする。

「なぜそのことを打ち明けてくれなかったんだ」

「ええっ……」

「言いたくなかったのか」

「……」

一体どうしてしまったのかと戸惑いつつ、ヴィルヘルミネはこう説明するしかなかった。

「もうお互い別々の人生を歩いておりますし……。ルートヴィッヒ様も結婚されていて、お相手は素晴らしい女性の方だと聞いております」

今はその幸福を願っている――そう続けようとしたのに、もう言葉が出てこなかった。エックハルトに唇を奪われてしまったから。

「んっ……」

噛み付くようなキスだった。

手首をシーツに縫い留められ、体を押さえ付けられてしまう。

エックハルトは唇を離し瑠璃色の瞳でヴィルヘルミネを見下ろした。

その奥に青い、赤以上に温度の高い、劣情の炎が燃え上がっているのを目にしてヴィルヘルミネは慄《おのの》く。

「え、エックハルト様……？」

再び口付けられ息苦しさに喘ぐ。

「ん……ふ……」

エックハルトは再度ヴィルヘルミネとの間に、数センチにも満たない距離を取った。

「ミーネ、君は俺の妻だ」

低い、重い声でそう囁きながらヴィルヘルミネの寝間着を胸元からずり下ろす。

「待っ……」

「待たない」

そう言い切るが早いか、エックハルトはみずからの上着を脱ぎ捨てた。

続けてヴィルヘルミネの寝間着を剥《は》ぎ取る。

「え、エックハルト様っ……」

今夜は冷えるのでシュミーズを身に纏っていたのだが、もう脱がす手間も惜しいのか、剥き出しになったヴィルヘルミネの片脚を肩に乗せた。

「あっ……」

露わになった女の花園が空気に触れる。

エックハルトにもう何度も貫かれたそこは、淫靡《いんび》な薄紅色でありヒクヒクと蠢いて、雄を誘い込もうとしているように見えた。

「ミーネ、君はすべてが綺麗だ」

エックハルトは言葉とともに蜜口に触れた。

「ひゃんっ……」

ズブズブと音を立てて指が埋め込まれていく。

「あっ……んっ……」

ヴィルヘルミネは口に手を当てて圧迫感に耐えた。

「ミーネ、もうグチュグチュになっている。君の体は随分と感じやすくなったみたいだな」

「そ……んなっ……」

否定できない。確かにエックハルトに触れられるだけで、体が蕩けたように熱くなってしまうのだから。子宮もエックハルトを求めて口を開いてしまう。

羞恥心から顔を覆う。ところが、すぐに「ミーネ、手を離してくれ」と言われてしまった。

「君の感じる顔が見たい」

「だ、めです。恥ずかしい……」

「……」

エックハルトは黙り込んだかと思うと、不意に隘路のある部分をぐっと抉った。

「ひいっ……」

細い体が対照的に豊かな乳房を揺らしながらベッドの上で跳ねる。

エックハルトの肩に乗せられた足がビクビクと痙攣し、刺激された子宮は滾々と蜜を分泌する。

「あっ……」

ヴィルヘルミネが弱い箇所だった。

「あっ……ひっ……んあっ」

執拗にそこばかり責められるうちに、手からも徐々に力が抜け落ち、ついにシーツの上にパタリと落ちてしまった。

「やっと可愛い顔を見せてくれたな」

「……っ」

涙目でエックハルトに抗議しようとしたが、もうそんな気力もなく荒い呼吸を繰り返すしかない。

しかも、エックハルトはその間にも容赦なく隘路を指で犯してくるのだ。

先ほどの弱い箇所を抉ったかと思えば、不意に奥まで押し込んでくる。

そこで蜜をぐちゅぐちゅと掻き交ぜ、ヴィルヘルミネがその響きに身悶えるのを見ながら、「もう俺の手もビショビショだ」と言葉で責めてくる。

「い……じ、わるっ……」

「それはベッドの上では褒め言葉でしかないな」

「……っ」

ヴィルヘルミネはひたすらエックハルトから与えられる快感に耐えた。

「ミーネ、なぜ黙る」

「だっ……ってっ……」

エックハルトが不意に指を一気に引き抜く。

「んあっ……」

内壁を擦られる強烈な感覚と同時に、ぬぷっと濡れた音が足の間から聞こえた。

その音に羞恥心を覚える間もなく、エックハルトに伸し掛かられ、今度は唇を強引に奪われた。

「ん……んっ……」

舌先をずずっと吸い上げられ、喉の奥から熱い呼吸がせり上がってくる。

エックハルトはその吐息すら奪ってしまった。もう呼吸困難に陥りそうだった。

頭がクラクラとしてこのままでは死んでしまうのではないかと怯える。

だから、エックハルトの唇から解放された時にはほっとした。

ようやくありつけた空気を吸い込もうとしたが、直後にエックハルトがズボンを下ろすのを見て息を呑む。

「え、エックハルト様……」

「今夜だけは俺以外の男のことを考えるのは許さない」

露わになったエックハルトの分身が、いきり立ってその赤黒さと凶悪さをヴィルヘルミネに見つける。

こうして改めて目の当たりにすると、その禍々《まがまが》しさに絶句するしかなかった。

「ミーネ」

エックハルトは熱い吐息をヴィルヘルミネにかけながら、おのれの分身をヴィルヘルミネの蜜口に押し当てた。

「あっ……待っ……」

間髪を容れずに肉棒がヴィルヘルミネの体内を深々と貫く。

「ひいっ……」

若草色の目が大きく見開かれる。

「あっ……」

エックハルトの瑠璃色の双眸が口をパクパクとするヴィルヘルミネを捕らえる。

「優しくしたいのに、君を前にすると、俺は獣になる」

エックハルトはヴィルヘルミネの脇に手をつきながら、更にぐっと腰を奥まで突き入れてきた。

「ふああっ……」

大きく背を仰け反らせる。

最奥を抉られるたびに体が上下に揺さぶられ、合わせてベッドがギシギシと揺れる。

「あっ……あっ……ひいっ……」

首を横に振ってもう限界だと訴えたが、「まだだ」とにべもない答えが返ってきただけだった。

「まだ全然足りない。ミーネ……」

更に激しく抽挿を繰り返され、背中がシーツとの摩擦で痛い。だが、その痛みも熱に変換されてしまう。

「あっ……あっ……あっ……んあっ」

時折不規則にぐっと弱い箇所を持ち上げるようにして突かれ、足がピンと引き攣ってぶるぶると小刻みに震えた。

「ヴィルヘルミネ……！」

エックハルトがヴィルヘルミネの腰を掴む。指先が肉に食い込んだ次の瞬間、緩んだ子宮口に熱い欲望を注入された。

エックハルトの分身が隘路をみっしりと埋めながら、ドクン、ドクンと激しく脈打っている。

「あ……あっ……」

ヴィルヘルミネは震える手で厚い胸板に手を当てた。体の奥が焼け焦げてしまいそうだった。

反射的にエックハルトを押し返そうとしたのだが、そんな儚い抵抗が通じるはずもなく、すぐに手首をシーツに縫い留められてしまう。

更に放った体液をぐいぐいと最奥に押し込まれてしまった。

「う……あっ……」

意識が今にも途切れてしまいそうだ。だが、エックハルトがそんなことを許してくれるはずもなかった。

不意にずるりと肉棒を引き抜かれる。

「ひあっ……」

蜜と精が入り交じった液体がどろりと漏れ出し、シーツに新たなシミを作った。エックハルトの赤黒い一物もぬらぬらしている。

「まだだ。まだ足りない」

エックハルトは呻くように呟いた。

「君を最後まで食らい尽くしてしまいたい」

言葉とともに力を失ったヴィルヘルミネの体を引っ繰り返す。

「な……にを……」

更にぐっと汗に濡れた細腰を抱え上げる。

「あっ……」

ヴィルヘルミネは思わずシーツに両手と膝をつき、ベッドの上で四つん這《ば》いになった。

「こ、んな、格好……」

獣みたいで恥ずかしいと言う前に、尻たぶを割り開かれ「ひっ」と声を上げる。先ほど貫かれたばかりのそこに、再び猛る雄の証が宛《あて》がわれるのを感じる。

あれほど精を放ったのにもう回復したのか――恐れおののくヴィルヘルミネの蜜口を、肉棒が一息に深々と貫く。

「うあっ……」

二度目なのに衝撃が弱まることはなかった。

それどころか、コリッと奥を突かれると、快感と再び始まる濃密な性愛の予感に、子宮が反応して滾々と蜜を分泌する。

「あ……あっ……」

エックハルトが腰をパンと叩き付ける。

「ひあっ……」

正常位での交わりとは別の角度から責められるからか、今まで刺激されたことのない箇所を抉られ、まだ知らなかった性感帯があったのかと息を呑む。

「だ……め……そ……こっ……」

「そうか。ここがいいのか」

ぐぐっと腰を押し出されて「ひっ」と絶句する。

エックハルトはヴィルヘルミネの腰を引き寄せ、そこを集中的に責め立てた。

「うっ……あっ……あっ……ひっ……」

肉棒を根元まで押し込まれるごとに、振動で垂れ下がった乳房がふるふると揺れる。

激しい情交のせいで浮かんだ汗が雫《しずく》となり、白い肌を伝って乳首からシーツに落ちた。

エックハルトと繋がる下の口からは、時折ブチュッと何かが潰れるような音がして、どろりとした液体が漏れて出ている。

引っ切りになしに与えられる快感で開けっぱなしになった口からは、唾液が透明の糸を引いて今にも零れそうになっていた。

どこもかしこも体液塗れになっている。

「あっ……あっ……あああ……っ」

足腰がブルブルと震えてもうベッドに伏せってしまいそうだ。

「ヴィルヘルミネ」

エックハルトはまだだと言わんばかりに、そんなヴィルヘルミネの腰を引き寄せた。

「あっ……」

また激しく腰を叩き付ける。パンパンと肉と肉がぶつかり合う音と、ベッドが軋むが重なり合って室内に響き渡る。

やがてエックハルトが低く呻き、ヴィルヘルミネの尻たぶに指先を食い込ませた。

「くっ……」

最奥にじわりと新たな飛沫の熱を感じ、ヴィルヘルミネの肉体がぶるりと震える。

「あっ……あ、つ……」

いと言い切る前に再び腰を叩き付けられて目を見開く。

——まさか、まだ続けるつもりなのか。

さすがに驚いてエックハルトを振り返ろうとしたが、ぐりぐりと肉棒を押し込まれてその衝撃に絶句し、そこから先はもう言葉にならなかった。

エックハルトの分身が再び猛りを取り戻し、ドクドクと自分の体内で脈打つのを感じながら、ヴィルヘルミネはもう白旗を揚げるしかなかった。


エックハルトに抱かれた翌日はヴィルヘルミネはいつもくたくただ。

なのに、相手のエックハルトは男性だからか、軍人で体力があるからなのか、先に目覚めていることが多い。

その日の朝もヴィルヘルミネが瞼を開けると、エックハルトはもう起きており、ちょうど服を着終えたところだった。

「あの、エックハルト様……」

エックハルトはヴィルヘルミネに背を向けたまま振り返らない。

そんな態度は珍しかったので、ヴィルヘルミネが理由を尋ねようとすると、その前に答えが返ってきた。

「昨夜は済まない。……酔っていた」

「……」

男性はアルコールが入ると気が大きくなると聞いたことがある。

まるで恋されているようだと感じた、昨夜のあの激しさはそのせいだったのかと納得した。

結婚した頃には子種さえもらえればいいと思っていたのにと胸が苦しくなる。

「先に食堂に行っている」

「はい……」

寝室の扉が閉ざされるのを確認してぽつりと呟く。

「……どうしよう」

これからエックハルトとどう接していくべきなのかがすっかりわからなくなっていた。

＊＊＊

——王宮では季節ごとに社交界行事が開催される。

今回は秋の紅葉を愛《め》でる園遊会だ。

ヴィルヘルミネは領地が王都に近く、かつ王妃のお気に入りなので、今年の招待客リストに入っていた。

また、今回の舞踏会はヴィルヘルミネというよりは、エックハルトが結婚して初の社交行事である。

実質お披露目会《ひろめ》になっているからか二人は注目の的だ。

ヴィルヘルミネはこの行事に非常に気合いが入っていた。

ドレスも新たに誂《あつら》え、なるべく迫力あるデザインに。宝石も舐められないようにと高価なものにしている。

いずれもシンプルな物が好きなヴィルヘルミネの好みではないが、この園遊会は自分の趣味をひけらかすものではない。

我こそがハルディン家当主だと世間に公表し、バックにはエックハルト――王家が控えていると認めさせる格好の機会だった。

ワイングラスを手に庭園の紅葉を愛でていたところを、早速父が存命の頃から付き合いのある貴婦人に声をかけられる。

「ヴィルヘルミネ様、ご結婚おめでとうございます。女性当主なんて近代的ですわね」

「あら、ご機嫌よう。一応、ハルディン家では私が初ではないのですよ。三人目なんです」

「まあ！　ですが、大変ではないですか？　私にはとても務まりそうにないですわ」

そこですかさず隣のエックハルトが話に入ってサポートしてくれた。

「妻のヴィルヘルミネは大変優秀な女性ですよ。先代伯爵から継いだ事業も順調で、近く新車を発表する予定だそうです」

貴婦人の顔がぱっと輝いた。

「まあ、新車！　そろそろ新しい馬車がほしくなっていたのよ。うちの人に頼んで買ってもらおうかしら」

ヴィルヘルミネは驚いてエックハルトを見上げた。

エックハルトがさり気なく自分を当主として立ててくれただけではない。しっかり主力事業の宣伝もしてくれたからだ。

そして、やはり王弟の言葉は大きいらしく、皆が新車と聞いてわらわらと集まってくる。

「今度の新車はどのようなデザインでしょうか。装飾のオーダーメイドはできますか？」

「はい。オーダーメイドは可能です。ですが、ハルディン家のマークを取り除くことだけはできなくて……」

「あら、ハルディン家のマークがあるからこそ価値があるのですよ！　そちらの馬車に乗っていますと皆に羨ましがられますわ」

ヴィルヘルミネはほっと胸を撫で下ろした。

以前下請けの工房に賊が侵入し、鋳型を無茶苦茶にされた時はどうなることかと思ったが、エックハルトのおかげで乗り切れた。

しかし、あれからどれだけ捜査しても犯人は判明していない。

いずれにせよ、あの工房にダメージがあれば、事業全体に影響があると知っている者の仕業には違いない。

そう考えるとまたもや叔父ギュンターの顔が脳裏に浮かぶのだ。

この推理があたっているのだとすれば、姪のヴィルヘルミネが失態を犯せば、それ見たことかと当主の座から引きずり下ろす好材料になるでも考えているのか。

いかにもありそうで頭が痛む。

今後無事妊娠、出産できても、ギュンターのあの金への執着を見ると、簡単に当主の座を諦めるとは思えなかった。

その時果たして家と子を守り切ることができるのか。

今のところエックハルトの助けで乗り切れているが、いつまでもそばにいてくれるとは限らない。

結婚はできたが問題が山積みだ。

しかし、立ち止まるわけには行かない。

立ち止まればその行動自体が弱点になり、またギュンターに付け入られてしまう可能性が高い。

ヴィルヘルミネは気合いを入れて顔を上げ、社交界の面子に自身と事業を宣伝した。

有力者や社交界に影響力のある貴婦人の間を、エックハルトを連れて渡り歩いていく。

時折エックハルトがチラリとヴィルヘルミネを見下ろし、何か言いたそうな顔つきをしていたが、それどころではなく新たな人脈を築くのに必死だった。

そうして慣れぬ世渡りを頑張り過ぎたのだろうか。

一通りの挨拶を終える頃にはすっかり疲労困憊《ひろうこんぱい》し、木陰にもうけられた長椅子にぐったりと体を預けた。

ヒールの高い靴を履いた足もズキズキと痛む。

「ヴィルヘルミネ、大丈夫か」

エックハルトがヴィルヘルミネの顔を覗《のぞ》き込《こ》む。

「は……い。申し訳ございません。体力がなくて」

「女なのだから当然だ」

「……」

以前はギュンターに舐められてたまるかと、女だてらに突っ走ってきたが、今はこうして気遣われるのが心地いい。

誰かの優しさを求めてしまうなど、相当疲れているのだろうか。

そんな暇はないのにと溜め息を吐いていると、エックハルトがその場に片膝をついたので驚いた。

「どっ、どうしたんですか？」

絵本のおとぎ話の騎士がするような仕草に心臓がドキドキする。

「靴を脱がせるぞ」

「えっ……」

ヴィルヘルミネが戸惑う間に、エックハルトがヴィルヘルミネの左足に手を掛ける。

ゆっくりと靴を脱がされ小さな足を大きな手に取られると、それだけなのにまた心臓が鳴ってときめいてしまった。

エックハルトが左手首に巻く組紐が踝《くるぶし》に触れる。恥ずかしいのとくすぐったいのとで身を捩らせたくなったが我慢した。

「やはり怪我をしているな。先ほど捻ったのだろう？」

人工湖のほとりで歓談していた際、鳩《はと》が飛んできて驚いて、その拍子に転びそうになったのだ。

軽い痛みなので我慢できてはいたものの、段々痛みが強くなっていく気がしていた。

「はい。でも大丈夫です。もう少しで園遊会も終わりますし」

「駄目だ」

エックハルトはそう言い切り、「手当をしにいくぞ」とヴィルヘルミネに告げた。

「客への挨拶は俺がしておく」

「えっ、でも……」

ヴィルヘルミネが口答えしようとしたからだろうか。

エックハルトは「まったく困った妻だ」と苦笑し、半ば強引にヴィルヘルミネの腰と背を攫《さら》った。

「きゃっ」

反射的にエックハルトの首に手を回す。

ヴィルヘルミネは細身ではあるが、やはり成人女性なのだから、それなりの重さがあるはずだ。

なのに、エックハルトの力強い腕はびくともせず、軽々とヴィルヘルミネの体を横抱きにしていた。

「え、エックハルト様っ……」

招待客らの視線を感じて頬が熱くなる。

「み、皆さんが見ていますっ……」

「見せ付けてやればいいだろう。夫婦仲がよほどいいとでも思ってくれるさ」

というよりは、これではバカップルではないだろうか。

「で、でも……」

「もう黙れ」

「……」

子どもに言い聞かせるように命じられると、もう逆らう気もなくしてしまった。

「は……い」

ヴィルヘルミネは羞恥心を抑えつつ、そっとエックハルトの胸に顔を寄せた。

――守られることでこんなに安心できるなんて。

この園遊会だけではなく家族失って以来、気を張り続けていた心がゆっくりと解けていく。

いけない。まだ何も終わっていないのだからと自分に言い聞かせても、その流れを止めることはもうできなかった。


エックハルトは急病患者のため、別の木陰で待機していた宮廷医に声をかけた。

「宮廷医殿、患者だ」

「ああ、エックハルト殿下。お久しぶりですね。おや、こちらは……」

「俺の妻だ」

そう言い切り患者用の長椅子にそっとヴィルヘルミネを座らせる。

「足首を捻ったようだ。恐らく軽い捻挫だと思うが、悪化させると怖いからな」

「ええ、癖になりますからね。早いうちの手当が正解でしょう」

宮廷医は腰を屈《かが》めてヴィルヘルミネの足を手に取った。ドクターバッグからアルコールと湿布、包帯を取り出し手早く手当てをしていく。

「足を固定しますからしばらく無理に歩かないでください。よろしければ痛み止めと杖《つえ》を用意しますよ」

「あっ、よろしくお願いします」

そう答えたところでふと視線を感じて顔を上げる。

エックハルトが横で待機し、なぜか宮廷医をじっと見つめていた。

心なしか視線がいつもより鋭い気がする。

「え、エックハルト様……？」

宮廷医もヴィルヘルミネに釣られてエックハルトを見上げる。そして、その表情を確認し、ぷっと吹き出して破顔した。

「殿下、これは手当てですよ。私だって仕事だからやっているのです」

「……わかっている」

「まあ、お気持ちはわかりますが」

「……？　……？」

ヴィルヘルミネは二人の遣り取りの意味がわからず、目を白黒させるしかなかった。

エックハルトが気まずそうに「手当てが終わる頃にまた来る」と告げる。

「五分もあれば十分だろう」

「は、はい。お待ちしております」

広い背を見送りつつぽかんとしていると、宮廷医がカラカラと笑い出した。

「殿下も随分表情豊かになりましたねえ。お子様だった頃の方が何を考えているのかまったくわかりませんでしたよ」

「は、はあ……」

やはりヴィルヘルミネにはなんのことだかわからない。

だが、この宮廷医がエックハルトの幼少期を知っているようなのだ。「あの……」とおずおずと口を開いた。

「エックハルト様がいくつの頃からのお知り合いですか?」

「お知り合いなどとは滅相もない。時折健康診断や軽い怪我、風邪の手当てをしていたくらいですよ。そうですね。十五歳頃からでしょうか」

「どんな方でしたか?」

「どんな方……そうですねえ。大人びた方でしたね」

まだ子どもと言っていい年なのに、世の中の理不尽を見尽くし、達観したような顔だったのだという。

「高貴なお方には我々にはわからぬ事情があるのでしょうね。まあ、私はあまり顔を突っ込まないようにしておりましたので」

宮廷医のそのセリフは「王家の秘密に関わらない方がいい」と意訳できる気がした。恐らく宮廷医はこれ以上何も話してくれないだろうとも。

「……王族の方だって人間なのに」

宮廷医はヴィルヘルミネの呟きに顔を上げた。

「多くを得る者は多くを務めなければなりませんからね。いわゆるノブレスオブリージュというやつです」

ノブレスオブリージュ——いわゆる「高貴なる者の義務」だ。

だが、エックハルトが王族と認められたのは十歳の頃。

それまでは平民として育ち、むしろ貧しい生活だったはずだ。

そこから先は贅沢な環境で育ったが、なさぬ仲の前王妃の目がある環境では、伸び伸びできなかったのではないか。

一体何を得たというのだろう。何かを得られていたところで、果たしてエックハルトが望んだものだったのか。

その後手当が終わり五分経っても、十分経ってもエックハルトは迎えに来なかった。

誰かに呼び止められ立ち話でもしているのだろうか。

いずれにせよ、何もせずにいつまでも座ってもいられない。

ヴィルヘルミネは宮廷医に杖を借り、気を付けて歩きながらエックハルトの姿を探した。

しかし、どこにも見当たらない。

そう遠くへ行くとも考えられないので首を傾げていると、前から歩いてきた男性が脇をすり抜け際、肩を突き出しヴィルヘルミネにドンとぶつけた。

「……っ」

危うく転びかけたがすんでのところで杖をつく。

「おやおや、済まないね。君の姿が小さくて目に入らなかったんだ」

男の楽しげな声には嫌でも聞き覚えがあった。

「叔父様……」

どうやらこの嫌味な叔父も園遊会に招待されていたようだ。

ギュンターは兄弟であるにもかかわらず、亡き父ダミアンにまったく似ていない。

ダミアンは中肉中背、ブラウンの髪に同じ色の瞳の真面目そうで優しげな風貌だった。

ところが、ギュンターは金髪碧眼《へきがん》に長身痩躯《そうく》である。

ただし、すでに中年なのでかつての美貌は衰えているし、いかにも軽薄そうで遊び人の雰囲気なのだが。

そして、その顔立ちは兄よりも姪のヴィルヘルミネに似ていた。他人にこの人の娘ですと言っても誰も疑わないほどに。

だからこそ尚更忌々しい。

ヴィルヘルミネは怒りを押し殺してニコリと笑った。

「そろそろ老眼ですか？　お気の毒に。叔父様ももう四十ですものね」

「……っ」

年齢を指摘されるのは屈辱なのか、ギュンターも憎々しげにヴィルヘルミネを睨め付けた。

「男に年は関係ない。むしろ人間としての深みが増す。女は二十歳を過ぎればすべて婆《ばあ》さんだがな」

相変わらず自分を棚に上げる。

「お前こそなんだそのザマは。所詮、女は三本足でもなければ立つことすらできない劣等種だ。いい加減認めてハルディン家を出て、どこぞの貴族の坊ちゃんにでも嫁いだらどうだ」

「あらまあ、いくつになっても実家の財産を当てにするような中年の無職のオッサン……いいえ、殿方にそんなことを言われるとは思いませんでした」

ヴィルヘルミネがオホホと笑うと、ギュンターは「小娘が……」と唸った。

相変わらずいい年なのに感情を制御できない男である。

「これ以上俺を馬鹿にするとただではおかない」

「あら、何をどうすると言うのです？」

ギュンターはニヤリと唇の端を歪めた。

「お前も大切な領民が家財産を失うことを望んでいないだろう。下手をすると命になるかもしれない」

その一言にヴィルヘルミネはやはり、別荘の火災も下請けの窃盗事件もギュンターの仕業だと確信した。

この叔父はハルディン家の血を引きながら、領地や領民に対する愛などまったくない。いかに自分が楽に生きられるかしか考えていない。

——精神が貴族ではない者が、貴族の家督など継いでいいはずがない。

ヴィルヘルミネは真っ直ぐにギュンターの青い瞳を見返した。痛みを堪えて杖を捨て自分だけの足で地に立つ。

「彼らを守ることこそが当主である私の役目です。これ以上誰にも手出しはさせません」

いつにないヴィルヘルミネの気迫に気圧《けお》されたのか、ギュンターが目を瞬かせて「なんだその目は」と呟く。

「女のくせに生意気な」

ヴィルヘルミネは間髪入れずにギュンターを責めた。

「それをおっしゃるのなら叔父様は一体なんなのです?」

「父とほぼ同じ恵まれた環境に生まれ育ちながら、ノブレスオブリージュの精神など皆無。まったく努力をしないのに父の立場を羨むばかり」

その堕落した精神がどうしても許せない。

「酒に溺れようが、賭け事に狂おうが、女遊びをしようが構いません。ですが、その精神を忘れた者はもはやハルディン家当主どころか貴族ですらありません」

「……っ」

図星なのかギュンターが狼狽える。

「大方自分はこんなところで終わる器じゃない。金さえ手に入れればもっと大きなことができるはずだ……そうお考えなのでしょう。ですが」

ギュンターを睨め付ける目に力を込める。

「四十年も生きてきて、あなたは何か一つでも成し遂げたことがありましたか」

たった一人でエックハルトを育てようとした、その母の健気《けなげ》かつ崇高な魂の輝きを思う。

性別も身分も関係ない。ギュンターが百人束になって掛かったところで彼女には敵わないに違いなかった。

ギャンブルや女遊びにばかり興じたギュンターには返す言葉がないらしい。「このガキが……」と呻き、「覚えていろよ」といつかと同じセリフを吐いた。

「必ずお前を潰してやる」

小走りに立ち去るギュンターの背を見送りながら、ヴィルヘルミネはどっと緊張が解け、力が抜け落ちるのを感じた。

やはり戦うのは苦手だ。全身全霊を以《もっ》て臨まなければ勝てない。

早くエックハルトに会いたいと思う。会ってあの逞しい胸に抱き締められ、温《ぬく》もりを感じて安心したかった。

ところが、その後痛みを堪えて庭園中を探しても、やはりエックハルトはどこにもいなかった。

出て行くとは考えられない。ならば王宮かと思い付き中に入ると、辺りはいつもよりずっと静かだった。

招待客らは皆庭園に集中しているからだろう。

途中、すれ違ったメイドに「殿下の行方を知らない？」と尋ねる。

するとメイドは「さっき玄関広間にいましたよ」と教えてくれた。

「女性の方とご一緒でした」

女性連れだったと聞いてヴィルヘルミネは首を傾げた。

そういえば王妃カロリーネが久しぶりにエックハルトと話したいと言っていた。

なら、長話になっているのも頷ける。

ヴィルヘルミネはひとまず玄関広間に向かった。

王宮の玄関広間はさすがの規模で、これだけで貴族の別荘程度の広さがある。

白い大理石に黄金の象嵌《ぞうがん》がなされ、更に聖書のフレスコ画が嵌《は》め込《こ》まれた天井を見上げると、ふと天国に迷い込んだような心地になった。等間隔に天使の彫像が設置されているので尚更である。

「どこにいるのかしら」

マナーとして大声を上げられないので、「エックハルト様、どこですか」と叫べないのがもどかしかった。

だが、まもなくそのマナーを守った自分に感謝することになる。

一体の天使の彫刻の影にエックハルトの姿を見つけたからだ。

「エック……」

喜んで歩み寄ろうとして、もう一人誰かがいるのに気付く。

女性だ。それも、服装からしてまだ若い。明らかにカロリーネではない。

心臓がドクンと嫌な音を立てる。

女性は黒髪を緩やかに結い上げており、横顔だけからでもかなりの美女だとわかる。

しかし、ドレスではなくお仕着せを身に纏っている。つまり、貴族ではなく使用人だ。

「……っ」

ヴィルヘルミネは思わず自分も近くの彫像の裏に身を隠した。

他に音を立てるものがないからか、二人の声が小さいものの良く聞こえる。

女の声がワントーン悲しげに落ちた。

「これ以上殿下の役に立てそうにございません」

「何を言っている。お前がいるからこそやっていけるんだぞ」

どう考えても秘密の恋人同士の会話だった。

「ですが……」

「お前にしかできないことだ。頼む。まだ離れないでくれ」

「そんな、もったいないお言葉ですわ」

ヴィルヘルミネは奈落の底に落ちたような感覚に陥りながら、ああ、そうだったのかとすとんと腑《ふ》に落ちていた。

エックハルトは公女の縁談を断るためだと言っていたが、恐らく本命はあの女性なのだろう。

ヴィルヘルミネも本来王弟と結婚できる身分ではない。

しかし、それでも歴《れっき》とした貴族なので、平民の女性との恋愛の隠れ蓑にはもってこいだ。

エックハルトと女性はまだ話し続けている。

いくら人気がないとはいえ誰が見ているのかわからないのに、なんと女性はエックハルトの手を取ってすらいた。

「殿下……私は……」

ヴィルヘルミネはそれ以上聞いていられず庭園に戻った。

宮廷医が待機していた木陰に戻り、長椅子に腰を下ろす。

——もしかするとあの組紐は先ほどの女性からの贈り物ではないか。

なら、あれほど大切にするのにも頷ける。

果たしてこれから自分はどうすべきなのかと頭を巡らせる。

ヴィルヘルミネはエックハルトにそばにいてほしかった。

だが、同時に幸福になってほしかった。

やはりこれ以上エックハルトに迷惑をかけないためにも、自分の気持ちは押し殺そうと決める。

——それに、最初に子さえ授けてくれれば離婚しようが、愛人と作ろうが自由だと条件を提示したのだ。

今更都合よく愛してしまったから、やっぱり止めてほしい。自分を見てほしいなどと我《わ》が儘《まま》を言えるはずがなかった。

「私、どうすれば……」

それからどれだけの時が過ぎたのだろうか。

「ミーネ！　済まない！」

エックハルトが心配そうな表情でこちらに近付いてくる。

「待ったか？」

「いいえ、ちっとも」

「……そうか。なら、帰ろう」

エックハルトはまた横抱きにしようとしたのか、腰を屈めたがヴィルヘルミネはそれを断った。

「歩けますから大丈夫です」

「だが」

「無理のない範囲で歩いていた方が回復も早いと医者様もおっしゃっていましたから」

そう返されてはエックハルトも引き下がらざるを得なかったのだろう。

「わかった。痛んだらすぐに言ってくれ」

まるでおとぎ話のお姫様の護衛騎士さながらに、いつでもヴィルヘルミネが倒れてもいいように斜め後ろを付いてくる。

エックハルトの人としての優しさが今は恨めしい。愛されているようだと錯覚してしまうから。

だが、その優しさを拒否することもできなかった。


その夜、ヴィルヘルミネはエックハルトをみずからベッドに誘った。

入浴を終え、寝室にやって来たエックハルトの手を引き寄せる。

「エックハルト様、主治医の先生に聞いたのですが、今夜は特に妊娠しやすいそうです。……抱いてくださいますか」

エックハルトの熱を感じてギュンターのことも、エックハルトの恋人のことも、一時でいいから何もかもを忘れてしまいたかった。

「ミーネから誘われるのは初めてだな」

エックハルトの口調はどこか嬉しそうだった。

ヴィルヘルミネがエックハルトを見上げると、エックハルトもヴィルヘルミネを見下ろす。

若草色と瑠璃色の視線がぶつかり合い、どちらからともなく唇を重ねる。

「……ん」

外ではどうやら雨が降り始めたらしい。道理で今夜の空気は湿気を帯びているはずだ。

ヴィルヘルミネはまず結い上げていた髪を下ろした。

続いて寝間着の合わせ目のリボンをするりと外すと、いつもよりもしっとりした白い肌が露わになる。

長い黄金の巻き毛が乳房に幾筋かかかり、濃い影を落とすそのさまは、ヴィルヘルミネのなよやかな肢体をより蠱惑的《こわくてき》に見せていた。

「エックハルト様……」

ヴィルヘルミネはエックハルトの頬を包み込んだ。そっと鋭利の輪郭を頬に軽く口付ける。

いつもはすぐ羞恥心で頬を染める妻の、いつにない大胆さに驚いたのか、エックハルトがわずかに目を見開いた。

ヴィルヘルミネは「今夜は私がご奉仕します」と微笑む。

「奉仕？　君がか？」

「はい、そうです」

エックハルトの返事を聞く気はなかった。ヴィルヘルミネは体重をかけてエックハルトを押し倒した。

瑠璃色の双眸がわずかに見開かれる。

「……驚いたな。君がこんなことをするなんて」

ヴィルヘルミネはエックハルトを見下ろした。

「嫌、ですか？」

「……」

エックハルトが手を伸ばしてヴィルヘルミネの頬を撫でる。

「……嫌なはずがない」

「よかった。ちょっとはしたないんじゃないかって思っていたんです」

ヴィルヘルミネは悪戯《いたずら》っぽい微笑みを浮かべながら、エックハルトのガウンの腰帯をするりと解いた。

合わせ目からエックハルトの胸板を剥き出しにし、両の掌《てのひら》でそっと擦ってみる。

「男の方の体って不思議です。こんなに硬い……」

ちゅっと鎖骨にキスを落とすと、エックハルトが興奮にごくりと息を呑む音がした。

「上手にできるかわかりません。ですが、頑張ります」

「……君にしてもらえるだけで十分だ」

ヴィルヘルミネは体を起こすとはだけていた寝間着を脱ぎ、ベッドの下にパサリと音を立てて落とした。胸を覆っていた長い黄金の巻き毛を掻き上げる。

すると、エックハルトに何度も愛撫され、一層大きさとまろやかさを増した乳房が、零れ落ちるようにまろび出た。

「何度見ても君の体は綺麗だ」

近頃は美しさに加えて妖艶になってきたとエックハルトは語る。

「ありがとうございます。すべてエックハルト様のおかげです」

ヴィルヘルミネは再びエックハルトに伸し掛かった。

重力で垂れ下がった乳房がわずかな動きでもふるふると揺れる。

エックハルトは「たまらないな」と唸った。

「いつもより大きさも形もはっきりとわかる。今すぐにむしゃぶりつきたくなる」

「……」

ヴィルヘルミネはエックハルトの欲情の込められた賛美に頬を染めた。

結局この人は羞恥心を覚えさせるのだと苦笑する。

「もう何も言わないで」

エックハルトの言葉をキスで奪う。

「ん……」

自分から口付けるのは妙な気分だった。女から嫌らしいことをしてもいいのか――そんな背徳感が体をゾクゾクさせる。

エックハルトのガウンを剥ぎ取ると、その興奮が更に高まっていった。

エックハルトも受け身になったのは初めてらしく、感慨深げに似たような感想を述べた。

「君はいつもこんなにドキドキしていたのか……」

「……私も押し倒すとこんなにワクワクするのかって驚いています」

衝動に任せてエックハルトの腰に跨《また》がり、シーツの上に投げ出されていた手を取ってみずからの乳房に導く。

エックハルトはすかさずその乳房をぎゅっと掴み、続いてやわやわと揉み込んだ。

ヴィルヘルミネの口から火照る吐息と喘ぎ声が漏れ出る。

「心臓の鼓動がする」

「……私もエックハルト様の鼓動を感じたいです」

厚い胸板に両手をつくと、同じだけの速さの心臓の鼓動を感じ取れた。

「興奮、していますか？」

「ああ。わかるだろう？」

ヴィルヘルミネは足の間に何やら硬いものを感じて目を落とした。

エックハルトの雄の証が女の肌に触れたことで、より赤黒くなっていきり立っている。先端はもうぬるりとしていて女体を求めていた。

ヴィルヘルミネはその求めに応じようと、腰を動かし肉棒の先端を蜜口に宛がった。

「……っ」

本当に自分にできるのかと一瞬躊躇《ためら》う。

だが、もうここまで来たのだからと覚悟を決めて一気に腰を沈めた。ぐちゅっと粘り気のある音が体の中から響いてきた。

「くっ……」

エックハルトの端正な顔が顰められる。

同時にヴィルヘルミネもはあっと熱い息を吐き出した。

真下から貫かれるのはこれが初めてではない。しかし、されるのとするのとでは角度が変わるのか、刺激される箇所が微妙に変わってくる。

「あ……くっ……うっ……」

肉棒の先端が最奥を押し上げるのを感じ、思わず呻《うめ》き声《ごえ》を上げてしまう。

「うっ……」

体がビクビクと痙攣して、みるみる力が抜け落ちる。気付いたエックハルトが腕を伸ばし、腰を支えてくれなければ、そのまま倒れ込んでいただろう。

「も、申し訳、ございません……」

あれほど大口を叩いておいて、この程度でいきそうになるとはと情けなくなる。

だが、エックハルトは「気にするな」と苦笑した。

「そこまでしてやることでもない」

「そ……んなっ……」

ヴィルヘルミネにとってはそこまでしてやることなのだ。

「君は意地っ張りだな」

エックハルトはヴィルヘルミネの腰を掴む手に力を込めた。

「あっ……」

ヴィルヘルミネの体を力強く上下に揺すぶる。

「あっ……ひっ……んあっ」

最奥をぐりぐりと嬲られ若草色の目が大きく見開かれる。

「だ……めえっ……これじゃっ……」

エックハルトに奉仕できないと訴えようとしたのだが、その言葉は続いてのエックハルトの激しい突きに散らされてしまった。

「ひいっ……」

白い背が弓なりに仰け反る。薄紅色に染まった乳房が上下に揺れた。

エックハルトはその間にもヴィルヘルミネの隘路を掻き回した。

「あ、あ、あっ……」

「やはり、俺は抱かれるより抱く方が好みらしい」

そう呟くが早いかヴィルヘルミネを抱き寄せ、くるりと回って位置を入れ替える。

「あっ……」

ヴィルヘルミネは驚きに目を瞬かせた。

「え、エックハルト様……」

エックハルトの双眸がヴィルヘルミネを見下ろしている。瑠璃色の瞳は征服欲に支配されギラギラ光っていた。

男の本能であれこうして交わる時は自分だけを見てくれるのだ。そう思うとずっとエックハルトに抱かれていたくなった。

「ヴィルヘルミネ」

エックハルトはヴィルヘルミネの白い肩に噛み付いた。

「ひあっ……」

獣の雄は雌と交尾をする際、逃げられないよう首筋を噛《か》むと聞いたことがあるが、まさに最中の雌になった気がした。

直後に、ズンと最奥を抉られて絶句する。

「あっ……ひっ……は、げし……」

ギシギシとベッドが軋んで悲鳴を上げる。雨音はもうヴィルヘルミネの嬌声とその音に掻き消されてしまっていた。

「あっ……ああっ……うあっ……」

繰り返し与えられる強烈な快感に耐え切れず、ヴィルヘルミネは震える手を伸ばした。エックハルトの二の腕を掴もうとしたが、その度に抽挿に翻弄されて力が入らない。

シーツの上にパタリと落ちる頃には、もう自分からしなければなどと、考えていたことすら忘れかけていた。

というよりは、思考自体が曖昧になって視界もぶれている。

それでも、両足を抱え上げられて肩に乗せられ、体を折り曲げられた時には、さすがに束《つか》の間《ま》意識が明確になった。

乳房が膝に押し潰されそうになる。

「な……にをっ……」

直後に、ズブズブと音を立てて更に深いところまで肉棒を押し込まれた。

「ひいっ……」

このまま抱かれ続けてはおかしくなってしまう――そんな危機感も子宮に次々に注入される欲望の熱に焼かれ、消え失せてしまった。

「……っ」

「ヴィルヘルミネ……好きだ」

そのために聴覚もろくに機能せず、ヴィルヘルミネはエックハルトの囁きを聞き取ることができなかった。

第四章　復縁はお断りです！

エタール公国は冬には雪が多く降り積もる。

年が明けた新年も王都は白く染められており、近くにあるハルディン家の領地も同様だった。

特に居間からは外の景色がよく見える。

ヴィルヘルミネは編み物をする手を止め、窓の縁に歩み寄って雪が降りゆく様を見つめた。

エックハルトは今頃どうしているだろうかと思いを馳《は》せる。

――現在エックハルトは陸軍の演習のため、国境沿いにて駐屯中だ。

こんな寒い時にと思うが、いつどこで勃発するのかわからないのが内戦や戦争だ。

軍人はいつ何時も油断するわけにはいかないのだろう。

「……っ」

不意に腹がズキリと痛む。それだけではなく吐き気も覚えた。

この症状は初冬から始まっている。

もしやと思い主治医に診察してもらったが、確定までにまだ三、四ヶ月かかると伝えられていた。

そして、今日がその四ヶ月目に当たる。

もうじき主治医が年始初の訪問予定のはずだった。

居間の扉が叩《たた》かれ、メイドが「主治医の先生がいらっしゃいました」と教えてくれる。

「ありがとう。応接間にお通ししてくれる？」

「かしこまりました」

ヴィルヘルミネは編み棒と毛糸、できあがりかけた赤ん坊用の帽子を籠に詰め、テーブルに置くと少し微笑《ほほえ》んで応接間に向かった。

応接間では主治医がやはり微笑みながら待っていた。

「奥様、お久しぶりです。体調はいかがですか？」

「時々吐き気がありますが、基本的には元気です。食事も美味《おい》しいですし」

「そうですか、そうですか」

医師は口頭でひととおりの問診をすると、更にいくつか検査をし、最後に「おめでとうございます」と祝いの言葉を述べた。

「ご懐妊です。月のものの状況から判断して、現在四ヶ月といったところでしょうか」

「……！」

「激しい運動は控えてください。夜の方はやっていけないことはありませんが、やはり激しい行為は控えていただければ」

ヴィルヘルミネの胸を今まで味わったことのない歓喜が満たす。思わず自分の腹部をまじまじと見下ろしてしまった。

「出産は半年ほどあとですね。いい季節に生まれるいい子だ」

「あの」

ヴィルヘルミネは顔を上げて主治医に頭を下げた。

「先生、夫にはまだ秘密にしておいてくれませんか。その……初めての子は流産も多いと聞きますし、お腹《なか》が目立ち始めてから知らせたいんです」

「ああ、構いませんよ。心配されるのもよくわかります」

主治医はその後今後の生活での注意点を教えたのち、次の患者の診察があるからとハルディン邸をあとにした。

ヴィルヘルミネは居間に戻り、長椅子に腰を下ろすと、テーブルの上に置いた編み物を手に取った。

微笑みを浮かべそっと腹を撫《な》でる。

「あなたにこの帽子が似合うといいんだけど」

できれば男の子が望ましい。女系であっても父親が王族となれば男系男児と同じだけ、あるいはそれ以上の価値を持つ。

だが、ヴィルヘルミネの本音は違っていた。

「……本当はあなたが男の子でも女の子でもいいわ。どうか無事に生まれてきて」

愛する人との子どもなのだ。かつて両親がそうしてくれたように、愛して、慈しんで育てるつもりだった。

愛する人――その言葉にエックハルトの精悍《せいかん》な美貌が脳裏に浮かぶ。

「エックハルト様にも……近いうちに言わなくちゃ」

父親なのだからその権利がある。

だが、ヴィルヘルミネは恐ろしかった。

エックハルトは我が子が生まれると知り、一体どんな反応をするだろう。

一応、喜んで見せてくれるはずだ。

だが、条件と成り行きで結婚した女との間に生まれる子だ。

のちに愛人との間にも子が誕生した場合、平等に愛してくれるだろうかと不安になる。

「ううん、そんなことを考えちゃあなたも怖くなるわよね」

大丈夫と囁《ささや》きながら腹を撫でる。

「お母様が二人分あなたを愛してあげるわ。だから、何も心配しなくていいのよ」

エックハルトは本来一週間後に帰ってくるはずだった。

ところが診察を受けて三日後、陸軍と王都に帰還途中、通り道の橋が積雪で崩れ落ちたため、迂回《うかい》ルートを使わざるを得なくなったと知らせが来た。

そのため、帰宅が更に十日延びることになると。

ヴィルヘルミネはその連絡を受け、妊娠を打ち明けるのが先に延びて少々ほっとした。

少なくともエックハルトが帰るまでに、どんな反応をされても大丈夫なように、心の準備を整えることができるからだ。

しかし、困ったことも一つあった。

二週間後に戦勝記念の舞踏会が開催されるのだが、ヴィルヘルミネとエックハルトも招待されている。その頃にはまだエックハルトは道の途中だ。

主治医に激しい運動は止められているので、ダンスはせず壁の花に徹するつもりだったが、それでもエスコートしてくれる夫がいないのは痛い。

こうした場合親族の男性に頼むのが通例だが、血縁はあの放蕩《ほうとう》叔父のギュンターしかいない。

それくらいなら一人で行った方が良かった。

欠席することもできるが、ハルディン家新当主として足場を固めている今、社交界にはできるだけ顔を出し、王侯貴族との付き合いを増やしておきたい。

「……仕方ないわ。エックハルト様はこれからも演習があるでしょうし、こうしたケースにも慣れておかないと」

一人で対応できるようにならねばならない。

ヴィルヘルミネは決意も新たにまだ平らな腹を撫でた。もう自然と母親らしい笑みが零《こぼ》れ落《お》ちる。

「それに、あなたが一緒にいてくれるものね。百人力だわ」

＊＊＊

王宮の大広間には最新式の暖房が設けられており、暖炉がいくつもあるわけではないのに温かい。

おかげで招待客の女性らは皆、胸元や腕を出した華やかなドレスを着ることができた。

だが、皆が華やかに着飾る中でヴィルヘルミネだけは違っていた。

体を冷やさぬよう、長袖のデザインである。

腹部を締め付けないようコルセットは着けず、シュミーズに似た自然なラインのドレスを身に纏《まと》っていた。靴もなるべくヒールを低くしている。

デザインがシンプルなので、宝石類でアクセントを付けている。母の形見の真珠のネックレスにイヤリング、もちろん左手薬指には結婚指輪を着けていた。

「ミーネ！　ヴィルヘルミネ！」

王妃カロリーネが人垣の向こうで手を振っている。

ヴィルヘルミネがそちらに向かうと、相変わらずのざっくばらんな態度で、そっと抱擁を交わしてくれた。

ヴィルヘルミネを頭から爪先までを見下ろし、「そのデザインも素敵ねえ」と頷《うなず》く。

「逆にスタイルがよく見えるわ。あなた、かえって目立っているわよ」

「えっ、そうですか?」

「ほら、若い男たちを見てご覧なさいよ」

指摘されてさり気なく辺りを見回すと、確かに貴公子らがちらちらと視線を送ってきていた。

「あなた、結婚前からモテていたものねえ。婿入り希望って言わなければ、望んだところに嫁げたと思うわ」

と言われても、父と兄が亡くなるまではルートヴィッヒという婚約者がいたし、ルートヴィッヒと婚約破棄後はアドリアンと婚約し直したのでピンと来ない。

「あら、知らなかったの? あなたが侍女時代、何度も貴公子にデートに誘われていたじゃない。でも、全然靡《なび》かなくてそこがかえって貞淑でいいって評判だったのよね。私、紹介してくれって貴公子たちを断るのが大変だったのよ」

そういえば一、二度しか会ったことのない貴公子や貴族の男性に、今度友人たちも交えて一緒に人気俳優が出演する観劇にいかないかだとか、庭園のバラ園が開花したので友だちと一緒に来たらどうだとか時折誘われていた。

「あれがデートのお誘いだったんですか……」

「……あなた、本当に恋愛に興味がなかったのねえ」

最初の婚約者のルートヴィッヒは両親が家同士の釣り合いから選んだし、二番目のアドリアンは婿入りできるという条件で選んでいる。

そうした環境にいたヴィルヘルミネにとって、恋だの愛だのはおとぎ話の世界の出来事で、自分に起こりうるとすら考えていなかった。

今更ながらに自分の遅い初恋の相手はエックハルトだったのだと実感する。

ヴィルヘルミネがそんなことをつらつら考えていると、横顔を見つめていたカロリーネがふと微笑んだ。

「陛下は文句を言っていたけど、あの子はあなたと結婚して正解だったみたいね」

ヴィルヘルミネは一人参加ではあったが、リラックスしてカロリーネとの歓談を楽しむことができた。

なぜなら、今日は叔父のギュンターは招待されていないからだ。

広大な庭園を舞台とした園遊会と違い、いくら王宮内ではもっとも面積のある部屋でも、大広間は収容人数に限界がある。

必然的に階級上位の者から招待していくことになる。

そして現在、ハルディン家の当主は仮の状態ではあるがヴィルヘルミネだ。

結果としてギュンターは省かれヴィルヘルミネが招待客に選ばれた。そして、夏にヴィルヘルミネに子が生まれれば、正式にハルディン女伯爵と公認されることになる。

だが、油断してはならないとヴィルヘルミネは自分に言い聞かせる。

あのギュンターのことだ。執念深くまた新たな罠《わな》を仕掛けてくることだろう。

改めて気合いを入れたヴィルヘルミネを余所《よそ》に、そう言えばとカロリーネが扇を閉じる。

「あなたの元婚約者のルートヴィッヒ……今はローゼン伯も来ているわよ」

「あら、そうなんですか」

ルートヴィッヒはヴィルヘルミネと婚約を破棄したのち、相応《ふさわ》しい身分の令嬢と結婚したと聞いている。

数ヶ月前に長く患っていた前伯爵の父が亡くなったので、現在は家督を継いで新ローゼン伯爵になったそうだ。

「お元気なんでしょうか？」

ほとんど社交辞令的に尋ねる。

「確かさっきあそこに……ほら！」

カロリーネに肩を叩かれその視線を追う。

褐色の髪に濃紺の正装、長身痩躯《そうく》の男性が、ワインを片手に向かい側の壁に背を預けている。

「えっ……」

ヴィルヘルミネは思わず目を瞬かせた。

――あれがルートヴィッヒ？

ヴィルヘルミネの知るルートヴィッヒは、品が良くかつ明朗快活な男性だった。

なのに、今はどことなく影がある。まだ父親の死を振り切れてないのだろうか。

「あら」

ヴィルヘルミネはもう一つ気付いた。

「奥様はどうなさったのでしょう？」

隣にパートナーがいない上に、男性が壁の花になっているのは珍しい。

カロリーネは「それがね」と肩を竦《すく》めた。

「あくまで噂《うわさ》よ噂。愛人と駆け落ちしたそうなのよ」

「……」

さすがに噂とはいえ凄《すさ》まじい内容に絶句する。

「あ、あいじん？　女の人が愛人を作るんですか？」

貴族には未婚、既婚、男女を問わず遊び人がいると聞いてはいたが、ヴィルヘルミネには未知の領域だった。

「そういう子もいるのよ。しかも結婚前から続いていたらしくて、前伯爵の葬儀のどさくさに紛れて、金品を盗んでの逃亡だったらしいわ」

「そ、そうなんですか……」

ルートヴィッヒも苦労しているんだなとしみじみする。大人になると皆何かかにかで苦労しているということなのだろう。

そのままカロリーネと他愛《たあい》ないお喋《しゃべ》りを続ける。すると楽団が曲を一巡したタイミングで、侍女が「失礼します」と声をかけてきた。

「王妃様、公爵夫人がお呼びです」

「あら、久々に会えるのね。ヴィルヘルミネ、今夜は楽しんでいってね」

ヴィルヘルミネもカロリーネに礼を述べて別れた。

再び何気なくルートヴィッヒに目を向ける。

あくまで噂が真実ならばの話だが、道理で影が落ちるはずだ。

父が亡くなった挙げ句妻に逃げられたのでは、どんなタフな人格であってもダメージが大きいはず。

さすがに気の毒に思っていると、ルートヴィッヒはワインをぐいと呷《あお》った。唇を手の甲で拭って顔を上げる。

その視線がヴィルヘルミネのものとぶつかる。

髪と同じ褐色の瞳が大きく見開かれる。やがて唇が動いて「ミーネ」と呼んだ。

ルートヴィッヒは中央でダンスに興じる男女を迂回すると、真っ直ぐにヴィルヘルミネ目指して歩いてきた。

その迷いのなさにヴィルヘルミネは少々戸惑う。

ルートヴィッヒはヴィルヘルミネの前に立つと、「久しぶりだね、ミーネ」と懐かしそうに目を細めた。

「ええ、久しぶりね。……その……元気でしたか？」

通り一遍の挨拶を言うのにも、これほど気を遣う日が来るとは。

「ああ、今日はいつもよりはマシかな」

以前よりは荒《すさ》んだ口調の返答と自嘲するような視線に、ルートヴィッヒの現状がそうよくはないことを察してしまう。

「……君はエックハルト殿下と結婚したって聞いたよ。驚いた。アドリアンって奴《やつ》だと聞いていたから」

エックハルトとの電撃結婚はやはり話題になっていた。

ヴィルヘルミネは笑って誤魔化《ごまか》すしかなかった。

「色々あってそうなってしまったんです。でも、今はとてもよくしてもらっていますから」

ルートヴィッヒの褐色の瞳が影で色濃くなる。

「よくしてもらっている、か」

少々含みのある言い回しだった。

「君と別れてまだ二年しか経《た》っていないのに、蕾《つぼみ》が花開いたみたいに美しい大人の女性になったね」

「……」

含みのある言い回しに少々戸惑う。

「あ、ありがとうございます……」

「そのドレスもよく似合っている。肌を見せないデザインは初めて見たな」

手放しで褒められると、妊娠し、体を冷やしたくないからだとは説明しづらかった。

「実はこれ、一部は自分で考えたんです。今日のために仕立ててもらって」

生地の面積が多い分上等な絹地を使用しているので、ルートヴィッヒ視点でも馬子にも衣装に見えるのだろう。

「いいや、女性はそれくらいの方がいい。……そもそも伴侶以外の男に肌を見せる方が間違っている」

「ルートヴィッヒ様？」

「本当に……どうして君と結婚しなかったのかと今更後悔してしまったよ」

ルートヴィッヒの表情に危ういものを感じ取り、ヴィルヘルミネは「何を言っているんですか」と少々焦って笑い飛ばした。

「ルートヴィッヒ様は一人息子でしたし、私も家を継がなければならず、それにもう――」

お互い既婚者だと口走りそうになり、はっとして黙り込む。

ルートヴィッヒの妻は浮気相手と駆け落ちしていると噂になっている。それが真実ならうっかりしたどころの話ではない。

ヴィルヘルミネが青ざめて言葉を探していると、ルートヴィッヒは「噂は本当さ」と肩を竦めた。

「知らぬは亭主ばかり。僕は哀れな寝取られ男だってことだ」

今回の舞踏会も欠席したかったが、ローゼン伯は古くからの貴族だ。公式の行事に顔を出さないわけにはいかない。

「大変……でしたよね。ごめんなさい。無神経で」

「いいんだ。まだ君がいてくれて助かっているよ。この二年、父を亡くし妻も失い、ちょっと参っていたから」

嵐を乗り越えようともがいていたのは、自分だけではなかったのだとヴィルヘルミネは実感した。

「ルートヴィッヒ様、私にできることがあれば言ってくださいね」

もう婚約者ではなくなったが、思い出を礎《いしずえ》に友情を築くことはできるはずだ。

ヴィルヘルミネはそんな思いやりからルートヴィッヒを見上げた。

「お兄様もあなたを心配していると思いますから」

「……ありがとう。本当に助かるよ」

「なら、早速」と手を差し伸べる。

「一曲踊らないか」

「……っ」

ヴィルヘルミネは自分の馬鹿さ加減に嫌気が差した。

「ごめんなさい……。今夜は踊れないんです。ちょっと足を怪我《けが》してしまって」

妊娠しているとはまだ他人に漏らしたくはないので、そう嘘《うそ》の理由で誤魔化すしかなかった。

ルートヴィッヒはしばらく黙り込んでいたが、やがて「変わっていないな」とクスリと笑った。

「そんなことで謝らなくてもいいんだよ。そうだな……じゃあ今夜は僕の愚痴に付き合ってくれないか」

「ええ、今夜は王宮に泊まるので、何時間だって付き合います」

ルートヴィッヒは飲まないとやっていられないのか、途中ウェイターからワインを何杯も受け取り呷った。

「妻にも昔君にしていたように優しくしていたつもりなんだけどね。置き手紙に〝あなたは誰に対しても優しすぎて、私は寂しくなってしまった〟と書かれていたんだ」

さっぱり意味がわからないと呟《つぶや》く。

ヴィルヘルミネにも理解しがたかった。

「それは……いいことなのではないのですか？」

「いっそお姫様みたいに特別扱いをすればよかったのかな。でも、僕が求めているのはお姫様じゃなく妻だったんだ」

ルートヴィッヒはウェイターに声をかけ、ワイングラスをもう一つ受け取りヴィルヘルミネに手渡した。

「ありがとうございます」

腹に子がおり飲めないので、口を付ける振りだけをしておく。

ルートヴィッヒはそんなヴィルヘルミネをじっと見つめた。

「あれからよく君と結婚していれば……と考えるようになった」

「……」

やはり雲行きが怪しい。

「妻とは家柄が釣り合うからというだけで、ろくに交流もせずに結婚してしまったから。だけど、君とは長い付き合いだったから、お互いのことをよくわかっていただろう」

長い付き合いと言っても、貴族の婚約者同士の付き合いなので、もちろん身体的接触は不可。舞踏会でダンスを踊る際、手を繋《つな》いだくらいだったのだ。

ルートヴィッヒは相当参っているのだろう。

しかし、こちらをよりどころにしてもらっては困る。

大方奥方の代理を求めているのだろうがとヴィルヘルミネは溜《た》め息《いき》を吐いた。

ここは曖昧にかわすよりもはっきり返した方がいいのだろうと判断する。

「ルートヴィッヒ様、ここは社交の場であり私は既婚者ですよ。何をおっしゃっているですか」

ヴィルヘルミネはルートヴィッヒを叱咤《しった》した。

婚約時代には五歳という年の差と、兄の友人ということもあって、ルートヴィッヒを年上の頼《たよ》り甲斐のある男性だと捉えていた。

だが、同じようにパートナーに一度逃げられ、かつ既婚者という立場になってみると、五歳の年の差などたいした違いがないように思える。

また、ヴィルヘルミネはギュンターと戦うため、この数年で自身を少女から大人に成長させ、鍛え上げている。

精神が大分逞《たくま》しくなっていたので、いつしか対等の立場になっていたのだ。

おっとりふんわりで世間知らずの、令嬢時代のヴィルヘルミネしか知らなかったからだろう。

ルートヴィッヒは世慣れた大人の女性へと変化し、おのれを叱り付けるヴィルヘルミネを、息を呑んで見つめていた。

「人間なんて結局最後は一人です。自分の力で戦わなければならないんです。そして今は辛《つら》いかもしれませんが、いずれ乗り越えられるはずです」

ヴィルヘルミネもなんとか家族の死を受け入れ、乗り越え、今はエックハルトと暮らしているのだ。

諦めずにいればいずれ道は開けるはずだとヴィルヘルミネは信じていた。

「ミーネ……」

「私だってできたんですから。しゃんとしてください」

ルートヴィッヒはようやく「ありがとう」と微笑んだ。

「……少し気が晴れたよ」

褐色の目を細めて「強くなったね」と呟く。

「君に愚痴は……なさそうかな？　お礼に聞いてあげたかったんだけど」

ヴィルヘルミネの脳裏にエックハルトとあの美しい女性とのワンシーンが過《よぎ》る。

「ミーネ？」

ヴィルヘルミネははっとして「今のところはございません」と笑顔を作った。

「エックハルト様にはすごくよくしていただいていますから……」

そう、エックハルトは夫としての役割を果たそうとしてくれているし、妻であるヴィルヘルミネには愛人の存在を明かさないよう気を遣ってもいる。

これ以上望んではいけないと自分に言い聞かせる。

「私のことはいいんです。ううん、待って。……そうだわ」

ヴィルヘルミネはルートヴィッヒを見上げた。お節介かもしれないが、近いうち妻候補の女性を紹介できないかと頭を巡らす。

新たな出会いがあれば、過去の婚約者に拘《こだわ》ることもなくなるだろう。心の傷を癒やすのもそれが一番手っ取り早い。

幸い侍女時代の元同僚にはまだ独身で、ルートヴィッヒと家柄が釣り合い、人柄も貞淑でしっかりした女性が何人かいたはず。

うち何人かを紹介できないかと考えた。

「ねえ、ルートヴィッヒ様。また近いうち王宮に来る日はありますか？」

「ああ。来週地方貴族の会合に出席する予定だよ」

「王宮に泊まりますか？」

「ああ。このまま会合まで泊まらせてもらう」

それは好都合だ。

「なら、一、二時間でいいから時間を取ってくれませんか？　紹介したい女性がいるんです」

それから一週間後、ヴィルヘルミネは王宮の玄関広間でルートヴィッヒと再会した。

ヴィルヘルミネの隣には二十歳前後の若い女性が立っている。

「こちら、私の元同僚で、現在王妃様付きの侍女を務めている、男爵令嬢のアマーリア様です」

アマーリアはヤル気満々といった風に元気に頭を下げた。

「今回お会いできる機会を設けていただいて嬉《うれ》しいです！」

「いや、こちらこそ」

アマーリアはヴィルヘルミネのかつての後輩で、現在婚活中だと聞いていたので話が早かった。

ルートヴィッヒには離婚歴はあるものの伯爵という家柄だと聞いて、話を持ち掛けると我こそはと見合い相手に名乗りを上げたのだ。

明るく元気で働き者。かつなかなかの美女なので、ルートヴィッヒも気に入るのではないかと考えていたのだが——。


二人が王宮の庭園でデートしながらの見合い中、ヴィルヘルミネは王妃の好意で王族専用の居間で待機していた。

読書しつつお茶を飲んでいたのだが、途中どうにも気になり、棚の上に置かれた置き時計に目を向ける。

もう二時間が経っている。気が合い、話が盛り上がっているのか、それとも——。

コンコンと扉が叩かれたので慌てて立ち上がる。

「失礼します。アマーリア様より伝言を預かりました、玄関広間で待機しているとのことです」

ヴィルヘルミネは指定された場所へ急いだ。

「アマーリア様」

アマーリアは中央階段前に設置された、天使の彫像の近くに佇《たたず》んでいた。

「あっ、ヴィルヘルミネ様」

アマーリアは苦笑しつつ、「駄目でした」と肩を竦めた。

「えっ……どうして……」

「私は顔も性格も条件も好みだったんですけど、向こうがそうじゃないなら仕方ないですよね」

「どうして……」

アマーリアはヴィルヘルミネが知る中でも、もっとも気立ても条件もいい女性だった。

わざわざバツイチの男性でなくてもいくらでも相手がいるはず。

なのに、この見合いに乗り気になってくれたから、いい報告が聞けるかもしれないと期待していたのだ。

それだけに残念でならなかった。

「……ごめんなさい。せっかく時間を取ってくださったのに」

アマーリアは「そんな！」と手をぶんぶんと横に振った。

「ヴィルヘルミネ様が謝ることじゃないですよ。多分ですけど、ルートヴィッヒ様はまだ逃げられた奥様に未練があるんじゃないでしょうか？」

実はまだ思っている人がいるからと打ち明けられたのだとか。

「まだ新婚ホヤホヤだったんでしょう？　それじゃまだ思い切れなくて当然ですよね」

「そうだったんですか……」

ヴィルヘルミネは一層申し訳なくなってしまった。

ルートヴィッヒはまだ見合いなどという心境ではなかったのに、無理矢理縁談を押し付けてしまったのではないかと。

「今回は残念だったけど、またいい人がいたら紹介してもいいでしょうか？」

「それはもう！　是非よろしくお願いします！」

アマーリアがサバサバしており、引きずらない性格なのがありがたかった。

アマーリアが立ち去るのを見送り、ひとまず居間に戻ろうと階段に足をかける。

踊り場まで上ったところでコツコツと男性の靴音がし、更に「ミーネ」と名を呼ばれたので振り返った。

「ルートヴィッヒ様」

ルートヴィッヒはヴィルヘルミネを追って踊り場にまでやって来た。

「済まない。せっかく紹介してもらったんだけど、どうしてもその気になれなくてね」

「謝らないでください。私こそ無神経でした」

心に前妻の面影を抱いている現状を十分考慮していなかった。

「僕は自分が思っていたより未練がましい男だったみたいだ。どうしても忘れられない人がいてね……」

「それは仕方がないことです。自分でもコントロールできるものではないですから」

これ以上自分がルートヴィッヒにしてやれることはない。愚痴を聞くことくらいかとヴィルヘルミネは溜め息を吐いた。

「きっと時間が癒やしてくれますよ。それまでは……」

話に付き合うからと言おうとしたところで、不意に頬に触れられたので目を見開く。

「ルートヴィッヒ様……?」

「まだ気が付かないのかい？　僕の心にいるのは別れた妻じゃない。……ミーネ、君だ」

「何を……言って……」

「妻と暮らしていた頃も君のことばかり考えていたよ。どうして君と一緒になれなかったのか。君と結婚できていたらどんな風に暮らしていたかってね。……妻も気付いていたのかもしれないな」

「ルートヴィッヒ様、待ってください」

ヴィルヘルミネは頭痛を覚えつつも冷静にと努めた。

「私はもうエックハルト様と結婚しております。あなたの求愛に応えるわけには参りません」

「別れれば済むことだろう」

——別れる？

ヴィルヘルミネはその言葉を頭の中で繰り返した。

嫌だと心が叫ぶ。

エックハルトに他に愛する人がいようが、ずっとそばにいてほしかったのだ。離れていくよりはずっとマシだった。

「そんなことできるはずがありません。第一私はルートヴィッヒ様を愛しておりません」

「……」

そこまではっきりきっぱり断られるとは予想していなかったのだろう。

ルートヴィッヒは呆然《ぼうぜん》としていたが、やがてぐっと拳を握り締めて低く唸《うな》った。

「……殿下に愛人がいてもかい？」

ぎょっとしてルートヴィッヒを凝視する。

なぜルートヴィッヒがその件を知っているのか。

「有名な噂だよ。君は聞いていなかったのかい？　黒髪美人のメイドだろう。まさか、あの殿下が平民の女を妾《めかけ》にするなんてな」

「……」

恐らくカロリーネや宮廷に出入りする知人友人は、まだ新婚だからと気を遣って教えなかったのだろう。

もっとも、ヴィルヘルミネ自身は知らないどころか現場を目撃しているのだが。

「……王侯貴族にはよくあることですから」

声が震える。

ルートヴィッヒはヴィルヘルミネの肩に手を置き、優しくその耳元に語り掛けた。

「僕は君がどんな女性かをよく知っているつもりだ。素直で、真っ直ぐで……その分、傷付きやすい。愛人の存在を知って泣いたはずだ」

「……っ」

ヴィルヘルミネは違うと心の中で反論した。

もうとっくにそんな可愛い女ではない。

ルートヴィッヒはヴィルヘルミネの苛立ちに気付いていないのか、あるいは何を勘違いしているのか、細い肩に載せた手に力を込めた。

「僕は決して君を裏切らない。……裏切られた痛みを知っているからね。ミーネ、そんなに家が大事なのか。自分の幸福よりも？」

ルートヴィッヒは更にヴィルヘルミネの若草色の目を覗《のぞ》き込んだ。

「叔父上に任せるのがそんなにいけないことなのか。……天に召されたデニスが今の君を見てどう思っているだろうな。きっと妹を解放してやりたいと考えているはずだ。僕だってそうする」

「……離してください」

ヴィルヘルミネはいつもよりワントーン低い声で呟いた。怒りで体が熱い。

「あなたに亡くなった兄の心を代弁してほしくありません」

そうだとヴィルヘルミネは頷く。

「兄は私がどんな選択をしようと必ず応援してくれます。他人にはわかるはずがありません」

父も、母も、兄も、初めは心配して反対するだろうが、最後には自分の意思を尊重してくれるはずだった。

一方ルートヴィッヒは他人だと斬って捨てられ、さすがに傷付いたようで狼狽《うろた》えていた。

それでも後には引けなかったのか、ヴィルヘルミネの肩を離そうとはしない。

「ミーネ、聞いてくれ」

「もう結構です。だから離して！」

二人は揉《も》み合い、応酬に夢中になっていたので、第三の人物が中央階段を上ってくるのに気付いていなかった。

「答えてくれ。君は本当にそれで――」

「――そろそろ私の妻を帰してもらうぞ」

ヴィルヘルミネはぎょっとして階段を見下ろした。

「エックハルト……様」

ルートヴィッヒも同じ表情をエックハルトに向ける。

「殿下……」

どうやらエックハルトは三日早く王都に戻ってきたらしい。兄王に演習の成果の報告に来たのだろう。

無言で踊り場まで上り切り、ぐいとヴィルヘルミネの肩を抱き寄せる。

「あっ……」

瑠璃色の剣より鋭い眼差しをまともに受け、ルートヴィッヒがさすがに一歩引いた。

「あいにく私は妻を他の男と共有する趣味はない」

しかし、エックハルトのその一言で我に返ったらしい。ルートヴィッヒははっと嘲るような口調で吐き捨てた。

「自分は構わないが妻に不貞は許さない……さすが身分の高いお方だ。随分と都合のいい理屈がお好みらしい」

「ルートヴィッヒ様、もうそれ以上は……！」

ヴィルヘルミネは思わず口を挟んだ。下手をすれば不敬とも取られる発言だったからだ。いつものエックハルトならこの程度で気分を損ねるとは思えない。だが、今は心底怒りを覚えているのが感じ取れる。

何も知らない者から見れば無表情だが、普段のエックハルトの鉄仮面ぶりと、わずかな変化が示す感情を判断できるヴィルヘルミネにはわかった。

エックハルトに縋《すが》り付いて訴える。

「エックハルト様、申し訳ございません。これは誤解です。ルートヴィッヒ様はお酒が入っているからこんな発言をされているだけです」

それでもエックハルトはルートヴィッヒを睨《ね》め付けていたが、やがて「……ミーネがこう言っているからな」と呟いた。

「今回はそういうことにしておく。だが、二度目はないと思え」

ヴィルヘルミネの背筋もぞくりとするほど冷たい声だった。ヴィルヘルミネとも身を翻す。

背にルートヴィッヒの視線を感じる。

一体何を考えているのだろうか。

だが、さすがに振り返って確認する勇気はなかった。

＊＊＊

あの日ルートヴィッヒとの遣《や》り取りを聞かれて以来、エックハルトとはどうも気まずい。

挨拶程度はするのだが、それ以上になるとぎくしゃくとしてしまい、目も合わせにくい。

今日の夕食でも会話が弾まず、逃げるように居間にやってきたのだ。

だから、まだ妊娠も打ち明けられていない。

このままでは駄目だと思うのだが、そもそも自分がどうしたいのかも、エックハルトが何を考えているのかもわからない。

ルートヴィッヒがあれ以降、たびたび接触を図ろうとしてくるのも困りものだった。

ヴィルヘルミネは溜め息を吐くと、テーブルの上に積み重ねられた手紙を見つめた、どれも「もう一度会いたい」だの、「考え直してほしい」だの、「君しか考えられない」だの、頭が痛くなる内容である。

しかも、自分の名前だと受け取ってもらえないと判断し、偽名を使ったり、人に名前を借りたりして送ってくるところがタチが悪い。

最初の手紙だけにはきっぱり断りの返事をしたのだが、次々と届くために間に合わない状態だ。

これ以上どう対応すればいいのかも悩ましかった。

長椅子に背を預けて腹を撫でる。

「あなたのためにもしっかりしなくちゃいけないのにね……」

もうじき母親になるからだろうか。近頃亡き両親はなんと偉大だったのかとよく感じるようになった。

家を守りながら社交に事業に奮闘し、二人の子を産み育てることは、貴族であっても大変だっただろう。

父も母も乳母や家庭教師に任せっきりにせず、自分の手で育てようとしていたから尚更《なおさら》だった。

「私も頑張らなくちゃね」

気合いを入れて立ち上がる。

すると一瞬、頭がくらりとした。

「……？」

視界が暗転しぐらりと傾き、ガクリと絨毯《じゅうたん》の上に膝を突く。

「あ……」

ヴィルヘルミネはそのまま倒れ、頭痛を覚えながら意識を失った。

ふと目が覚めると、そこは見慣れた当主夫妻の寝室だった。

いきなり居間からワープしていたので、何事かと体を起こした途端「ミーネ⁉」と名を呼ばれる。

「エックハルト様……？」

エックハルトはベッド近くに椅子を置き、ヴィルヘルミネが目覚めるのを待っていたのだろうか。腰を浮かせて顔を覗き込んでいる。

「私、一体……」

「ああ、無理をするな。倒れたんだ」

「えっ」

一瞬驚いたが、すぐに妊娠しているせいだと察する。体質からして頭痛や貧血になる可能性があると主治医から聞いていたからだ。

「もう主治医を呼んだから安心しろ」

「そんな、大丈夫です。もう起き上がれますし」

「駄目だ。重病だったらどうする」

エックハルトはヴィルヘルミネを強引に寝かせてしまった。

「……ごめんなさい。心配かけて」

「謝らなくていい。体調が悪くなるのはどうしようもない」

「……」

心細い思いに駆られていたからだろうか。エックハルトが気遣ってくれるのがひどく嬉しかった。

だが、主治医に診てもらい大丈夫だと太鼓判を押されるまで、エックハルトが付き添ってくれると聞いた時には焦った。

「あの、大丈夫です。エックハルト様もお疲れでしょうし……」

「俺の体力を舐《な》めるんじゃない。何年軍人をやっていたと思っている」

確かに、いつもの絶倫っぷりからすると、エックハルトの体力は伊達《だて》ではないのだろう。

ヴィルヘルミネはなんだかおかしくなってクスリと笑った。

その笑顔を見てエックハルトがほっと溜め息を吐く。

「……やっと笑ったな」

ここ最近、ヴィルヘルミネはいつも強張《こわば》った顔をしていて、リラックスできていないように感じていたのだという。

「体調が悪いのか？」

ヴィルヘルミネは答えに詰まった。

「近頃夜もすぐに眠ってばかりだろう」

妊娠が判明して以降つわりの一種なのか、日が暮れるととにかく眠くなる。

そのせいで妻としての務めを果たせずにいた。

「申し訳ございません。お相手ができずに……」

「……」

エックハルトは手を伸ばしてヴィルヘルミネの額を撫でた。

「エックハルト様？」

「そんなことはどうでもいいんだ」

優しい声だった。

生きていた頃の父を思わせるような――。

「君は泣き言だけじゃない。不満も口に出さないな。……頼りない婿で済まない」

だからせめて病の時くらいはこうしてそばにいさせてほしいと告げる。

ヴィルヘルミネは泣きそうなるのをどうにか堪えた。

やはりこちらが勝手に好きになったからと言って、エックハルトを留め置こうとするのは間違っているのではないか。エックハルトの本命の恋人も、好き好んで日陰の身でいるわけではないだろう。

王侯貴族の初婚は政略結婚がほとんどで、双方の家の都合で決まることがほとんどだ。

だが、跡継ぎの子どもさえできてしまえば、離婚するケースは多くはないがある。その後再婚する時は恋愛結婚となることが多いし、相手の身分をどうこう言われることも初婚時よりは減る。

もしかするとエックハルトもそうした流れを期待しているのかもしれない。

――子どもが生まれたらエックハルト様に確かめなければ。

ヴィルヘルミネはエックハルトの体温を感じながら目を閉じた。

もしエックハルトが離婚し、恋人との再婚を望むのであれば、可能な限り協力しようと決める。

それくらいしか自分にできることはなかった。

第五章　それだけはお礼を言うわ！

——このところすっかり春めいてきて、空はそれらしい淡いブルーに。渡り鳥の番が飛び交い、木々も草も皆色とりどりの花の蕾を綻ばせている。

ヴィルヘルミネはそっと腹部に手を当てた。妊娠半年を過ぎ、腹は若干ふっくらしてきている。

しかし、元が細身だからなのか、子の育ちが悪いのか、我ながら妊婦らしい体型をしていない。

心配になって主治医に尋ねたところ、「そういう妊婦も少なくありませんよ」と諭された。「好きなものを食べて、適度な運動をしていれば大丈夫です」とも。

「……そうね。どーんと構えていなくちゃね」

ヴィルヘルミネはそう呟きつつ、例の下請けの車輪業者の事務所の扉を叩いた。

今日は領地の視察のついでに、ぜひ立ち寄ってほしいと頼まれていたのだ。

「ああ、奥様、いらっしゃいませ！」

納品が無事終わったからからか代表の顔は明るい。

「ささ、中へどうぞ。今日はご報告がございます」

椅子を勧められ腰を下ろすと、代表は「実は、以前エックハルト殿下にご紹介いただいた海外の業者から、仕事をいただけることになったんです」と打ち明けた。

実は、エックハルトが紹介した業者は、車輪の製造から撤退するのだという。だが、製品自体は必要なので、今後この工房に任せたいと。

「なるほど、こちらから卸す形になるわけですね」

「ええ、それで奥様に許可をいただけないかと思いまして」

それにしても話がうまくいきすぎ、トントン拍子すぎる――ヴィルヘルミネは首を傾《かし》げた。

「すみません。ちょっと思ったことなんですが、先方が鋳型を貸してくれたのは、もしかしてテストのつもりだったのでしょうか？」

今後製造を任せ、取引に値するかを測っていたのではないか――そんな気がした。

「……さすが奥様ですね」

代表が感嘆の溜め息を吐く。

「その通りです。私も先日そのような説明を受けまして。まさに殿下はピンチをチャンスに変えてくださったんですね」

「……」

その場限りの対応ではなく、更にその先を考える、エックハルトの確かな目にさすがに舌を巻いた。

「奥様は本当にいい婿を迎えられました。領民としましても今後のハルディン領の発展が大変楽しみです」

その一言にズキリと胸が痛む。

「奥様？　どうなさいましたか？」

「なんでもないわ。……そうね。私は確かにいい方と結婚できたわ」

だからこそ、手放さなければならないのだと自分に言い聞かせるしかなかった。


代表との話し合いを終えたヴィルヘルミネは、次の工房に向かおうと待たせていた馬車に向かった。

ところが御者に待っていてほしいと頼んでいた木陰で、工房に見覚えのある人影が佇んでいたのでぎょっとする。

「ルートヴィッヒ……様？」

どうしてこんなところまでとさすがに目を見開く。

ルートヴィッヒはヴィルヘルミネを認めると、「やあ」と手を小さく挙げた。

「久しぶりだね」

貴族の男性向けの華やかかつ落ち着きのある略装である。

なんでも王都に屋敷を構える、有力貴族の公爵の晩餐会に招待されたのだとか。ちょうど通り掛かった道でヴィルヘルミネの愛車を見かけ、せっかくだからと代表との話が終わるのを待っていたのだという。

「ハルディン家の馬車だとすぐにわかったよ。君はいつも最新式しか乗らないからね」

黒塗りの馬車を小突き「高級車のSSランクだな」と唸る。

「一台で地方に平民の一軒家が建つ金額だろう。さすがハルディン家と言ったところか……」

ヴィルヘルミネはルートヴィッヒのそのセリフに違和感を覚えた。ルートヴィッヒは女の前で金の話をするような男ではなかったからだ。以前は無粋だし、汚い話はしたくないと避けていたくらいだったのに。

それに、今夜は公爵主催の晩餐会に招待されていると言っていた。

そんな時にはいつも先祖代々ローゼン家当主、あるいは嫡男のみが身に着けることを許されている、ダイヤモンドのブローチで胸を飾っていたのだ。

なのに、今夜はワンランク落ちるブローチを着けているのはなぜなのか。

「ルートヴィッヒ様、こんなところで無駄話をしては、晩餐会に遅れるのではないですか」

「大丈夫だよ。まだ三時間はあるからね」

せっかく会えたのだから話をしようと誘われる。

また口説かれると困るので、どう断ろうかと考えていると、ルートヴィッヒは「そんなに警戒されるなんて悲しいな」と苦笑した。

「昔は僕に大人しくついてきたのにね」

「……」

昔は昔、今は今だ。

いずれにせよ、このままではルートヴィッヒはいつまで経っても諦めてくれない。

そう判断したヴィルヘルミネは溜め息を吐くと、「わかりました」と道の向こう側にある川縁に目を向けた。

「ここでは人の目もありますし、川縁で話しましょう。ただし、十分です。私もこれから仕事で行くところがありますから」

「……そんなに嫌な顔をしなくてもいいだろう」

「……」

ハルディン家当主であり人妻の自分に、一体何を求めているのだろうと呆《あき》れる。

ヴィルヘルミネはルートヴィッヒの嘆きを無視し、さっさと終わらせようと言わんばかりに道を横切り川縁に向かった。

この辺りは川の両側に木々が植えられ、馬車に邪魔されずにスムーズに歩けるよう小道が設けられている。

また、人目につくのでルートヴィッヒも何もできないはずだ。

「ハルディン家の領内はどこも整備が行き届いているね」

ルートヴィッヒが感心したように頭上の木を見上げながら呟く。

「祖父や父、兄が力を尽くしてくれたおかげです」

今後は自分がこの景色を守っていくのだと思うと、川の煌《きら》めきやそよ風に揺れる野の花が一層美しく思えた。

「それでルートヴィッヒ様、ご用はなんでしょうか？」

「……もうわかっていると思うんだけどね」

「なら、ルートヴィッヒ様も私の答えはもうおわかりでしょう」

ルートヴィッヒは「……わからない」と唸った。

「どうしてそれほど家に拘《こだわ》るんだ」

いつかエックハルトにも同じ質問をされたなと思い出す。

その時もこう答えたはずだった。

「大事だからです」

きっぱりと言い切る。

ハルディン家は先祖と両親、兄の形見だ。

「ルートヴィッヒ様は肉親の形見を簡単に捨てられますか？」

ルートヴィッヒが顔を青ざめさせぐっと言葉に詰まる。

「形見ね……」

「そうです。……確かに以前ルートヴィッヒ様がおっしゃったように、両親や兄はまず私の幸せを願うでしょうね」

天に召された家族は皆そんな人だった。

じわりと滲《にじ》みそうになる涙をぐっと堪える。

「だったら――」

「ですが、今の私の幸せはこの家を守ることなんです」

もしダミアンとデニス亡きあと、ギュンターに家督を任せ、ルートヴィッヒと婚約破棄をせずにいたとしたら、今頃どうなっていただろう。

ギュンターは財産や事業を切り売りし、現金を持って海外にトンズラしたと思われる。その後領民の暮らしがどうなるかなど考えもせずに――。

そして、ヴィルヘルミネはその後何も考えず、私のせいではないのだから仕方ないと、ルートヴィッヒとの結婚生活を送れるほど器用ではなかった。

「……両親と兄は私のそうした意志を尊重してくれるはずです」

実は十二歳の頃ルートヴィッヒとの婚約が決まった時にも、どうしてもヴィルヘルミネに抵抗があるなら断ると言ってくれていたのだ。

当時のヴィルヘルミネは貴族の結婚とはそんなものだと考えていたので、婚約を続行していたのだが、まさか何年も経ってこんな状況になるとは。

それにしてもと顔を上げルートヴィッヒを見据える。

「なぜそうも私に拘るのですか？」

伯爵のルートヴィッヒなら、離婚歴があるとはいえまだまだ好条件。いくら互いをよく知る元婚約者同士とはいえ、既婚者に言い寄る必要性がわからない。

ルートヴィッヒはなぜか目を逸《そ》らした。

「それは……君を愛しているからだよ」

「私を愛しているのなら私の意志を尊重してくださるはずです」

ヴィルヘルミネの愛がそうだった。

自分はどれほど辛くとも、エックハルトの望みを叶《かな》えてやりたい――そう考えているのだから。

ルートヴィッヒが拳を握り締めて唸る。

「……女の考える愛と男の考える愛は違う」

「なら、私にルートヴィッヒ様の愛は必要ありません」

もうこれ以上話すことはないと身を翻す。

そのまま歩き出そうとしたところで、背後からぐっと手首を掴《つか》まれる。

「なっ……」

そのまま転倒しそうになったが、真っ先に腹を庇《かば》い、その後なんとか体勢を立て直した。

「何をするんですか！」

ヴィルヘルミネが怒髪天を衝《つ》く勢いで怒るのを初めて目にしたからだろうか。

ルートヴィッヒはあからさまに狼狽え「すまない」と謝った。

「怪我をさせるつもりは……」

はっとしてヴィルヘルミネが庇うその腹を見つめる。

「ミーネ、君はまさか」

「……答える義務はありません」

ヴィルヘルミネはきっとルートヴィッヒを睨《にら》み付《つ》けた。

「これ以上私に近付くようでしたら法的手段を取ります」

「なっ……」

まさかそこまでして拒絶されるとは思っていなかったのか、ルートヴィッヒは絶句してその場に立ち尽くした。

◇◇◇

ヴィルヘルミネが去ったあと、ルートヴィッヒは呆然とその場に立ち尽くしていた。

だが、やがて「まずいことになった……」と唸って髪を掻き上げる。

この仕草は苛立っている時だけにするルートヴィッヒの癖だった。

「……妊娠だと？　あの王弟の子を？」

冗談ではないと唇を噛み締め、すぐさま待たせている自分の馬車に向かった。

今夜の晩餐会にはギュンターも出席するので、急ぎ話し合って対策をとらねばならない。

ヴィルヘルミネを誘惑し、家から引き離せなかったと聞けば、ギュンターは怒り狂うだろうが、言い辛いからと黙っているわけにもいかない。

何もしなければ待っているのは身の破滅なのだから。

御者を急《せ》かして会場となっている公爵の別邸に到着する。

予想通りギュンターは数時間早く来ており、玄関広間で公爵に新事業の立ち上げを持ち掛けていた。

「本当にその土地は綿花の栽培に適しているのか？」

「ええ、もちろんです。そのために資料をお持ちしましたのでご覧ください」

すでに用意してあった書類を公爵に手渡す。

「ふむ。確かに年間の降水量も土壌も問題ないな。あとは土地の価格の問題か……」

「すでに何人か購入希望者が名乗りを上げておりますので、今後どんどん高くなるものと思われます。今のうちに入手するのが賢明かと」

「……む。ギュンター君、この資料はいただいてもいいかね。さすがに今すぐには無理だが、一週間後には返事をする」

「ありがとうございます。いいお返事をお待ちしておりますよ」

公爵相手に投資詐欺を働くとはと呆れたが、今はそれどころではない。

「ギュンター殿」

ルートヴィッヒは公爵が立ち去ったのを確認すると、ギュンターの肩を背後から掴み、「大変なことになりました」と他の誰にも聞こえぬよう呟いた。

ギュンターの青い目がぎろりとルートヴィッヒを睨《にら》む。

「あの小娘を口説けなかったのか」

小娘という呼び方からしてギュンターはヴィルヘルミネを見下し、舐めているのだとすぐにわかる。

だが、ルートヴィッヒはヴィルヘルミネが実は強靱《きょうじん》な精神力だけではない。男の自分をも凌《しの》ぐ実業家として、当主としての才能があるのではないかと薄々思い始めていた。

だが、事実だとしても認めるわけにはいかない。認めてしまえば金が手に入られなくなる。

「申し訳ございません。貞操観念が強く……」

あれほどきっぱり断られるとは思っていなかった。

自分の知るヴィルヘルミネはおっとりとした頼りない娘で、ちょっと強く言えばすぐに言うことを聞きそうだったから。

「まったく、くそ真面目なところばかりが親父《おやじ》と兄貴に似たな。女は男に傅《かしず》き子を孕《はら》んでいればいいんだ」

「……どうやらその子どもを孕んでいるようです」

ギュンターはルートヴィッヒの報告に目を限界まで見開いた。

「孕んだだと？　誰の子だ」

「……エックハルト殿下のお子様でしょう。大変なことになりました」

ヴィルヘルミネの腹にいる子は、ハルディン家としては女系になるが、なんといっても王族の血を引く子だ。

当主になっても誰からも反対の声は上がらないどころか、歓迎されるに違いなかった。将来爵位が上がる可能性もある。

生まれてしまえば今度こそギュンターが家督を得るチャンスはなくなる。

「あの小娘……」

ギュンターはギリリと唇を噛み締めた。

「まだ公表したわけではないんだな」

「ええ。恐らく生まれてからにするつもりではないでしょうか」

「……なら、まだ勝機はある」

ギュンターは青い目を欲望の炎でギラつかせた。

「今まで対応が甘すぎた。……あの小娘を生かしておいたことが間違いだった」

「なっ……」

不穏な一言にぎょっとする。

「何を考えているのですか⁉　まさか、腹の子ごと殺すとでも⁉」

そこまでするとは思わなかったのでさすがに狼狽える。

「冗談じゃない。僕は殺人なんて……！」

金さえ手に入れられれば良かったのに。

ギュンターはルートヴィッヒの訴えを鼻で笑った。

ヴィルヘルミネを誘惑し、エックハルトと離婚させてくれれば、ハルディン家の財産の一部を譲るとの条件だった。

別れた妻に作られた借金を返済できるどころか、お釣りが来る金額にルートヴィッヒは飛び付いた。

だが、今となってはその浅慮を後悔するしかない。

ギュンターはルートヴィッヒに「やれるな」と尋ねた。

「む、無理です」

足が小刻みに震えみるみる体温が下がるのがわかる。

さすがに人殺しまでは想定していなかったし、そんなことができるとは思えなかった。

「そんなことできるはずが……！」

「詐欺の片棒を担いだのに？」

「……っ」

ローゼン家は貴族社会でそれなりの信用がある。

そこでギュンターは詐欺を働く際には必ずルートヴィッヒを連れていき、「ローゼン伯もやっているから」と宣伝に利用してきたのだ。

そんなことをバラされようものなら――。

ギュンターがルートヴィッヒの肩をポンポンと叩いた。

「何、心配するな。もちろん金はやる」

「断ると、言ったら……」

「その時は俺がやるだけだな。ああ、そうだ。海外に娼婦《しょうふ》として売り飛ばすのもいいな。生意気な小娘だが、顔はいいからいい値段が付くだろう」

ギュンターは残酷な選択をルートヴィッヒに迫った。

◇◇◇

昨日、今日とエックハルトはハルディン邸にいない。

ヴィルヘルミネは一人ベッドの中で寝返りを打った。

「はあ……」

思わず溜め息が出る。

国王に呼び出されたと言っていたが、ヴィルヘルミネはその言い訳に嘘の匂いを感じ取っていた。

エックハルトは普段鉄仮面さながらの無表情で、ヴィルヘルミネはわずかな変化で喜怒哀楽を判断するしかない。

しかし、慣れてくると実は意外に素直なのだとわかるのだ。

嬉しい時や楽しい時は唇の端をわずかに上げて笑う。恐らく本人は満面の笑みを浮かべているつもりなのだ。

また、怒っていると視線が鋭くなるし、悲しい時や落ち込んだ時には顔全体に影が落ち、一日は取れない仕様となっているようだ。

そして、嘘を吐く時にはいつも眉尻が必ずピクリと動く。

以前はそうした性格なのだろうと捕らえていたが、エックハルトの生い立ちを知った今は、あの仮初めの無表情は後天的なものではないかと考えるようになった。

肩身が狭い状況で暮らす中で、おおっぴらに感情表現ができなかったのではないかと。

いずれにせよ、今回エックハルトは王宮に出向いたのではない。恐らくあの黒髪の美人メイドとの逢瀬《おうせ》のためだ。

以前、カロリーネにエックハルトの実母はどんな女性なのかと尋ねたことがある。

すると、黒髪に青灰色の瞳だったとの答えが返ってきた。

エックハルトの恋人の女性も、まさに似たような容姿だったのだ。

男性は無意識のうちに、母親に似た女性を求めると聞いたことがある。

エックハルトも例外ではなかったということか。

「私も黒髪に青灰色の瞳だったら……ううん。こんなこと考えては駄目よ。せっかくお祖母《ばあ》様似の金髪と、お母様から受け継いだ瞳の色なのに」

どれだけエックハルトを手放すと心に決めても、感情は別でつい建設的ではないことばかり考えてしまう。

「……もう寝なくちゃ」

お腹の子もこんなうじうじした母親は嫌だろう。

「ごめんね。明日起きたらもう二度とこんなことを言わないから」

そう考えランプの明かりを消し、再びベッドに身を横たえる。

光一つない闇は眠りを運んできてくれるらしく、数分もすると意識が遠のきうとうとしてきた。

　ところが完全に夢の中の住人となる前に、鼻にきな臭い匂いが届き、現実世界に無理矢理引き戻される。それほど不快な匂いだったのだ。

「何……？」

　初めはランプの火がまだ残っていて、それが油の残りカスを燃やした匂いかと思った。

　だが、匂いだけではなく息苦しさを覚えたので、重い瞼《まぶた》をようやく持ち上げてみてぎょっとする。

　寝室に匂いだけではなく煙が充満していたのだ。

「なっ……」

　反射的に飛び起き、口を押さえて扉を開ける。

　廊下も煙だらけで、同じく飛び起きた執事とメイドが、「火事です！」と悲鳴を上げている。

　執事がヴィルヘルミネに気付き、「奥様！」と駆け寄ってくる。

「申し訳ございません。火元がわからず……」

「消火はいいから速く逃げましょう。他の皆は？」

「はい。もう脱出していると思います」

　この季節は乾燥し、火災が増えるため、屋敷を持つ貴族らは皆、非常階段を設け、定期的に避難訓練を実施している。

ハルディン家も例外ではなく、一ヶ月前にやったばかりなので、避難はスムーズにいくはずだった。

ところが、一階に駆け下りたはいいものの、外に続く非常口が押しても引いても開かない。

焦る間に炎がどんどん迫ってくるのを感じて焦る。

「この扉は開かないみたいね」

扉だけではなく窓も固定されたように開かない。

——どう考えてもおかしい。

何者かの悪意を感じ取ったものの、推理するよりもまず逃げねばならない。

「どっ……どうしましょう……どうすれば……」

ベテラン執事もこんな非常事態は初めてなのか狼狽えている。

当主として二人を守らなければ——。

ヴィルヘルミネはふと、廊下の曲がり角に置いてあった、東洋産の飾り壺《つぼ》に目を留めた。

確か、骨董《こっとう》趣味のあった曾祖父が購入したもので、金貨の山を積み上げなければ手に入れられないものと聞いている。

だが、命に替えられるはずがない。

ヴィルヘルミネの判断は早かった。

「よいしょっ……！」

窓辺に近付き、力を込めて飾り壺を持ち上げる。

「二人とも怪我をするから離れていて」

「お、奥様何を——」

「——えいっ‼」

ヴィルヘルミネは飾り壺を窓に向かって投げ付けた。

様々な音階の入り交じる高音の破壊音とともに、砕けたガラスと陶片が当たりに飛び散る。

ヴィルヘルミネはそれで頬に傷を作ったが、もはや痛いとも感じていなかった。

「ここから脱出して！　早く！」

「か……かしこまりました！」

女性だからとまずはメイドを、続いて年配だからと執事を押し出し、最後に自分が這《は》い上がって外に転がり落ちる。

「奥様⁉」

そこをすかさず二人が受け止めてくれたので助かった。

振り返り、屋敷を見上げると炎に包み込まれている。

「お、奥様お屋敷が……」

「大体の貴重品類は別の場所に預けてあるし、王都に別邸があるから大丈夫。当分そこで避難生活になるけど、すぐに建て直すわ」

だが、建て直した屋敷は今燃えている邸宅そのものではない。

ここはヴィルヘルミネが生まれ育った二十年を過ごした家だった。

父に内緒でこっそり書斎に忍び込んで本を読んだり、居間では母に刺繍《ししゅう》の練習に付き合ってもらったり、兄と一緒に厨房《ちゅうぼう》に忍び込んでデザート用の果物を摘《つ》まみ食いをしたり——。

数え切れないほどの懐かしい思い出が染み込んでいる。

その屋敷が炎に巻かれて黒く焦げていき、焼け落ち、無惨な瓦礫《がれき》と化していく様は、ヴィルヘルミネにとってひどく残酷なものだった。

「この火事……放火ですよね。私、同僚と一緒に三回、火元の確認をしたんです」

メイドが悔しそうに唸る。

ヴィルヘルミネの脳裏にはすでに一人の人物の姿が浮かんでいた。

「……」

怒りにぎゅっと拳を握り締める。

あの男は卑怯《ひきょう》な真似しかできないのか。

「ヴィルヘルミネ……ミーネ……」

背後から声をかけられたのは一階がすべて焼け、二階部分を支え切れずに崩壊した次の瞬間のことだった。

振り返り呆然としてその名を呼ぶ。

「ルートヴィッヒ様……？」

なぜ無関係の元婚約者がこんなところにいるのか。

「ああ、よかった」

ルートヴィッヒはよろめくようにヴィルヘルミネに駆け寄った。見ると服と髪のあちこちらが焦げている。

つまり、ずっと屋敷の近くにいたということだ。

「どうしてこんなところに……」

ヴィルヘルミネはまさかとルートヴィッヒを凝視した。

「まさか、あなたが屋敷に火を付けたんですか？」

「そ、れは……」

なぜ、どうしてと頭の中でいくつもの絶望と疑問が渦巻く。

やがてそれらは収束し、一本化して一つの答えを形作った。

「あなたは……叔父様の……スパイだったんですね……」

なるほど、それならしつこく付き纏ってきたのも頷けた。

大方この火災を計画した時にも、叔父からこの家の構造について詳しく聞いていたのだろう。

そうでもなければ非常階段や非常口、窓を塞げるはずがない。

「私を誘惑し、この家から引き離そうとして……」

しかし、失敗したので最終手段として殺そうとした。

「……ミーネ！」

ルートヴィッヒは頭を抱え、「こんなことをしたくはなかったんだ」と訴えた。

「僕は……僕はただ君と同じように家を──」

「──まったく、だから世間知らずのボンボンは嫌いなんだ」

もう一人の招かれざる人物の声とともに、銃声が辺り一帯に鳴り響く。

「ぎゃあっ！」

ルートヴィッヒが肩を押さえて頽《くずお》れる。

撃たれたのだとその場の全員が気づき、たちまち集団パニックに陥った。

「銃声だ！」

「に、逃げろ！　速く逃げるんだ！」

使用人たちが蜘蛛《くも》の子を散らすように逃げていく。

そんな中でも執事はヴィルヘルミネとメイドの前に立ちはだかり、メイドはヴィルヘルミネを庇うように抱き締めた。

銃声が静まり、あとには呻《うめ》き声を上げ、血を流し続けるルートヴィッヒと、呆然とするヴィルヘルミネ、ヴィルヘルミネを守ろうとする執事とメイドが残される。

「たいした忠義心だな」

嘲るような声とともに闇の向こうから黒服の男が姿を現す。

「俺には理解できないね。所詮、雇用者と雇われ者の関係でしかないだろうに」

「叔父様……」

ヴィルヘルミネはギュンターを睨み付け、その背後に複数の男たちが控えているのに気付いた。全員慣れた風に銃を手にしている。

ギュンターが雇ったならず者たちなのだろう。いや、暗殺者と言った方がいいか。

絶望的なこの状況をどう覆すか。

ヴィルヘルミネが必死になって頭を回転させていると、執事が「違います」と落ち着きのある声で答えた。

「確かに私と奥様は主人と使用人の関係です。ですが、給料だけで繋がっている関係ではございません。より待遇のいい貴族などいくらでもおります」

執事は現在七十歳で、祖父の代から仕えてくれている。兄のデニスやヴィルヘルミネが幼い頃には、時折古い遊びを教えてくれたものだ。

使用人というよりは親戚の老人の一人と言った感覚だった。

執事は更に言葉を続けた。

「ギュンター様、残念です。……あなたにとってハルディン家は単なる金づるでしかなかったのですね。絆《きずな》と呼べる関係を誰とも築いてこられなかった」

何が気に障ったのだろうか。ギュンターが「……黙れ」と低く唸った。

「あなたの母上はなさぬ仲でありながらも、亡き旦那様と平等に育てられたではありませんか。なのに、なぜ……。一体何が不満だったのですか？」

「――黙れ！」

ギュンターが執事の足を打ち抜く。

執事は低い呻き声を上げてその場に倒れ、ヴィルヘルミネとメイドは悲鳴を上げた。

「なんてことを……！」

この執事はギュンターを幼い頃から知っている。

ギュンターも長年の付き合いがあっただろうに、なぜこうも簡単に傷付けることができるのか。

いや、それよりもと、ヴィルヘルミネは脳裏で先ほどの執事の言葉を反芻《はんすう》する。

祖母と叔父はなさぬ中だと言及していなかったか。

「お父様と叔父様は……兄弟ではなかったの？」

執事が痛みを堪えながら体を起こす。ふくらはぎから止めどなく血が流れ落ちていた。早く止血しなければと思うのに状況が許してくれない。

執事は痛みを堪えながら「……いいえ、ご兄弟です」と答えた。

「ただし、腹違いの。奥様、先々代のご当主はたった一度だけ過ちを犯されました」

友人に好きでもない酒を大量に飲まされ、ろくに判断もできなくなっていたところを、ずっと祖父を狙っていた友人の妹に襲われたのだという。

友人の妹は祖父が裕福な貴族だと聞いて、略奪しようと考えたのだとか。子どもさえできてしまえば責任を取らせられると踏んだらしい。

たった一度だったが友人の妹は見事妊娠してしまい、祖父に祖母と離婚して自分と再婚しろと迫った。

「ですが、ご当主様は妻を愛しているから離婚はしないと宣言し、責任は認知と養育費、財産分与をすることで取ると突っぱねられた」

すると目論見《もくろみ》が外れた友人の妹は、「なら、こんなものいらない」と、犬の子を捨てるようにギュンターを手放した。

祖父と祖母は捨て子となったギュンターを放っておけず、ならば実子として育てようと引き取ることに決めたのだ。

「この件を知っているのは……亡き先々代ご当主夫妻と、私だけのはずだった……」

ヴィルヘルミネの父さえ知らなかったはずだと執事は唸る。

「ですがギュンター様、あなたは知っていましたね？」

ギュンターは思春期に入ったあたりから、両親に反抗的になり、暴力を振るうだけではなく、家の金を盗み、兄に嫌がらせを繰り返すようになった。

「あの頃あなたは出生の秘密を知ってしまったのではないのですか……？」

ギュンターは「はっ」と執事を嘲笑《あざわら》った。

「道理でと思ったさ。綺麗事ばかり抜かす親父に、おふくろに、兄貴にいつもイライラしていたんだ」

それは自分が異分子だったからと納得したと。

「誰が漏らしたのですか」

「……」

ギュンターは答えない。

代わりに執事を押し退《の》け、メイドを振り払い、庇われていたヴィルヘルミネを引きずり出した。

「やめてっ！　奥様に何もしないでっ！」

「来い！」

ヴィルヘルミネの手首をぐいと引っ張る。

「何をするのっ……」

「お前はこの爺《じじい》と女を殺されたいのか」

ギュンターの両脇にいたならず者が、素早く銃口を執事とメイドの頭に突き付ける。

「やめて……！」

人質を取られるとどうにもならない。

「一緒に行きます。行きますから二人にこれ以上何もしないで！」

「……まったく最初から素直になっておけばよかったんだよ」

ギュンターはヴィルヘルミネを抱え上げると、木陰に待機させていた馬の上に乱暴に乗せた。続いて自分も背に跨《また》がり鞭《むち》を当てる。

「奥様……！」

馬が甲高い声で嘶《いなな》くが早いか、メイドの悲鳴がみるみる遠ざかっていく。

ヴィルヘルミネはこれから先の未来がもう予想できなくなっていた。

未来どころか数分後には腹の子ともども蜂の巣になっているのかもしれない。

絶望に沈みそうな心をどうにか叱咤する。

ギュンターにも必ず隙が生まれるはず。そこを狙って逃げ出すのだ。

ヴィルヘルミネがそう考える間に、馬は庭園を出入り口を抜け、領地内の森に向かって走って行った。

殺すつもりなら屋敷ででもよかったはず。なぜこんなところにと首を傾げる。

「降りろ」

銃を突き付けられ、暗い獣道を歩かされる。

ギュンターはこの辺りを歩き慣れているようで、まったく迷う様子がなかった。

やがて到着したその場所は、煌々《こうこう》と輝く三日月を映した湖だった。

「跪《ひざまず》け」

何をされるのか不安に思いながらも、大人しくほとりに膝を付ける。

ギュンターは懐から小瓶を取り出し、ヴィルヘルミネの胸に押し付けた。

「これを飲め」

小瓶の中には暗紫色の液体が不気味に揺れている。蓋を閉めても漏れ出てくる刺激臭が、中身は毒なのだと知らせていた。

「お前は自殺するんだ。家屋敷が全焼し、絶望して命を絶った……。なかなかいいシナリオだろう」

「し、執事様やルートヴィッヒ様たちは……」

「生かしておくはずがないだろう。俺の顔を見ているんだぞ」

冷静に考えれば真犯人が目撃者を殺さない方がおかしい。なぜついてきてしまったのか。全力で抵抗しなければならなかったのだと後悔する。

だが、その後悔も間違いなのだとすぐに気付かされた。

額に銃口を突き付けられたからだ。

「お前が命を絶つつもりがないのなら、まず足を、次に手を、最後に腹を撃ち抜いて、死ぬまで徹底的に苦しめて殺してやる。さあ、お前はどちらを選ぶんだ」

言葉に詰まるヴィルヘルミネをギュンターは更に追い詰めた。

「腹の子まで苦しめたいのか」

「……っ」

「安心しろ。その毒は三十秒程度で死ねる。苦しむには違いないが、より短いだけ慈悲深いだろう?」

どこが慈悲深いものかと憎まれ口を叩く余裕も時間もない。

ヴィルヘルミネは無言で小瓶の蓋を開けた。

「まったく、お前もいい子ちゃんで助かったよ。……どこまでも親父と兄貴にそっくりだ」

そして、ツラは一番憎んだ祖母に似ている――ギュンターがそう呟いたところで、ヴィルヘルミネはキッと顔を上げた。

今だと手にしていた小瓶をギュンターの顔に投げつける。

「がっ……」

顔に飛び散った毒薬の数滴がギュンターの口に入る。

喉を焼かれでもしたのか、ギュンターは喉を押さえてその場に転がった。

「……っ!　この……小娘……がぁ……!」

ヴィルヘルミネは素早く立ち上がると、ギュンターが落とした銃を拾い上げた。

引き金に指をかけギュンターの頭に突き付ける。

「叔父様、私はお父様やお兄様みたいに性格がよくないの」

何も知らずにフワフワ生きてきた箱入り令嬢を、ギュンターが二年かけてじっくりと、お見事にひねくれさせてくれたのだ。

「生き汚いし、お金にも汚いし、嫉妬深いし……。ねえ、叔父様とそっくりでしょう？　私たち、やっぱり血が繋がっているのね」

ヴィルヘルミネは指に力を込めた。

「私はあなたなんて大っ嫌いよ。でも……」

撃たれると感じたのか、ギュンターがひっと悲鳴を上げる。

ヴィルヘルミネはそんなギュンターを見下ろし天使の微笑みを浮かべた。

「私、結構今の自分を気に入っているわ。もう一人で生きていけるって確信できるから。それだけはお礼を言っておくわよ」

「……っ！」

だが、ギュンターも死に物狂いだったのだろう。這《は》いつくばりながら反撃とばかりにヴィルヘルミネの右足に縋り付く。

ヴィルヘルミネはすんでのところで仰向《あおむ》けに倒れ、湖の縁の石に頭をぶつけそうになった。

腹の子に何かあってはいけないと、根性で踏ん張り左足でギュンターの頭を蹴る。ゴンゴンという確かな感触があった。

「ちょっ……離してよっ……！」

それでもギュンターは離さない。

「ミーネ！」

遠くからヴィルヘルミネを呼ぶ声が聞こえなければ、執念で道連れにすらしていたかもしれない。

だが、駆け付けた男が手にしていた銃で、とどめに後頭部をゴンと強打されたことで、最後の抵抗もついに不発となって気絶した。

「……」

ようやく解放されたヴィルヘルミネはその場にヘナヘナと座り込んだ。

「わ、私、助かったの……？」

火事場の馬鹿力で応戦していたが、内心ではもう半分死んだ気になっていたのだ。

男が――エックハルトがヴィルヘルミネを支えて立たせる。

「ああ、助かったんだ。まったく、君は勇敢な当主だな」

エックハルトは執事とメイド、使用人全員も無事だと教えてくれた。

ヴィルヘルミネの適切な避難訓練が功を奏したと。

「……」

まじまじとエックハルトの瑠璃色の瞳を見つめる。

月明かりの逆光で表情はわからないはずなのに、泣き笑いのようになっているのだとなぜかわかった。

ヴィルヘルミネの目もくしゃりと崩れる。

「こ、怖かったです。ほ、本当に怖くて……」

二年前までの、本来の大人しく、おっとりとしていて、争い事の嫌いなヴィルヘルミネが顔を出す。

涙が若草色の瞳から次から次へと零れ落ちて止まらない。

ヴィルヘルミネはエックハルトの逞しい胸に縋り付き、エックハルトの陸軍の部下が駆け付けてくるまで声を上げて泣いていた。

＊＊＊

その後ギュンターの逮捕にルートヴィッヒと執事の怪我の手当て。成り行きからのエックハルトへの妊娠の告白と、それまで躊躇《ためら》っていたＴＯＤＯリストを一気にこなす羽目になった。

特に妊娠お披露目の際は大騒ぎだった。

ヴィルヘルミネは事件後すぐに主治医の診療所に行き、当分そこで過ごすことになった。

主治医は何度目かの診療で、横たわるヴィルヘルミネを念入りに診たのち、「なんともあり

ませんよ」と太鼓判を押してくれた。

「お腹のお子様も順調に育っていますね。この分だと大分大きくなりそうだ。殿下の血でしょうかね」

その一言に付き添いのエックハルトは目を限界まで見開き、椅子から音を立てて立ち上がり、今まで見せたこともない表情になった。

主治医が出て行った空もその表情のままで呆然と呟く。

「お子様……？」

「おや、まだ殿下にお伝えしてなかったのですか？」

「色々あってバタバタしてしまって……」

エックハルトはしばし呆然としていたが、やがて「……そうか」と呟き脱力して椅子に座り込んだ。

「も、申し訳ございません。もっと早くに伝えなくて」

「いや、いい」

大きく溜め息を吐く。

「まったく、俺が不甲斐《ふがい》ないからだな」

「そんな、エックハルト様のせいではありません。私に自信がなかったから……」

——今なら今後について話し合えるかもしれない。

ヴィルヘルミネは思い切って話を切り出した。

「エックハルト様、私はもうこの子がいるから大丈夫です。ですから、あの方の元に行ってもらっても構いません」

エックハルトは目を白黒させながら首を傾げた。

「……？　あの方とは誰だ？」

「黒髪の美しい方ですよ」

ここに来てしらばっくれなくてもいいのにと呆れつつも指摘する。

「宮廷でも噂になっているのをご存じないのですか？」

エックハルトはまだ理解できないのか、「黒髪の美女？　噂？」と眉を顰めていた。

「俺は噂には興味がないんだ。風評がほとんどだし、真実がねじ曲げられていることが多いからな」

どうやら本気でわかっていないようだ。

「メイドの方と熱愛中だと聞いておりますが」

エックハルトがわずかに口を開けた。どうもぽかんとしているらしい。

「……なんだその噂は」

様子がおかしい。

ヴィルヘルミネは出回っている噂の内容を教えてやった。

「身分違いで結婚できない悲劇の恋だそうですよ。どうも私は愛されない妻役を宛《あて》がわれているみたいで……」

貴婦人や令嬢たちはよほど暇なのかエックハルトと例のメイドだけではない。ヴィルヘルミネも噂に巻き込まれ三文小説さながらの配役をされていた。

エックハルトとメイドの間には真実の愛があり、ヴィルヘルミネとは建前上結婚しただけ。愛されず、哀れな正妻役なのだ。

なるほど確かにぴったりの役である。

「誰が俺の恋人だと？　……ああ！」

エックハルトはようやく合点が行ったと声を上げた。

「あれは恋人などではない。第一あいつは恋人どころか」

そこまで言ったところで寝室の扉が激しく叩かれ、許可も得ていないのに開けられ、看護士が「た、大変です！」と叫んだ。

泡を食った様子にこちらも面食らう。

「どうしたの？　お客様かしら」

「お、お客様どころか……」

看護士は驚きのあまりあわわとしか言えなくなっている。

「へ、へ、へ……」

「どうした。へだけではわからんぞ。屁《へ》をこきたいのか？」

「ちっ……違います！　陛下がいらっしゃったんです！」

「えっ？」

ヴィルヘルミネも看護士と同じくわけがわからなくなった。

「どうして陛下が？」

通常、逆はあっても身分の高い者が低い者を見舞うことはない。相手の屋敷に行くということ自体が、格下だという意思表示になるからだ。

この国の頂点である国王なら尚更である。

だからお忍びでなのだろうが、それにしても異例の事態には違いなかった。

エックハルトもさすがに兄王の訪問は断れないのだろう。ヴィルヘルミネに許可を取り、見舞いを受け入れることになった。

「疲れているだろうに済まない」

「いいえ、もう元気になりましたから」

「腹に子がいるのだから気を遣いすぎることはないだろう」

「――随分と仲がいいようだな」

二人の会話は穏やかな声に中断させられた。

「結婚したと聞いた時にはどうなることかと思ったが……」

ヴィルヘルミネは慌てて体を起こしたが、国王に「ああ、いい」と遮られてしまった。

「妊婦に無理をさせるなど国王にでも許されない」

国王はベッド横に用意されていた、エックハルトの隣の椅子に腰を下ろした。

「えっ……」

ヴィルヘルミネはエックハルトと顔を見合わせた。

なぜ身籠もっていると知っているのだろう。

「王妃が〝もしかしてミーネって妊娠したんじゃ……〟と言っていてな」

国王は笑みを浮かべつつ種明かしをしてくれた。

カロリーネはヴィルミネの近頃の服装や行動から察していたようだ。

「まあ、そうだったんですか」

再びエックハルトと視線を交わし、あの方には敵わないなと苦笑するしかなかった。

「大事ないか」

「はい、おかげさまで。ありがとうございます」

こうして国王とエックハルトが二人並んでいるのを見ると、やはり兄弟なのだなと実感する。

髪の色はシルバーブロンドと赤毛だが、瞳の色が同じ瑠璃色で顔立ちもどことなく似ていた。

「ところで、腹の子は男か女かわかったのか」

「それはまだ……。でも、どちらでもいいと思っています。我が家は条件こそございますが、男の子、女の子、いずれも家は継げますし」

ヴィルヘルミネの言葉にエックハルトも頷いた。

「だから、俺たちは無事生まれてくれればそれで……」

国王はウンウンと頷いた。

「まあ、今回はどちらでもいい。いずれ男児を産んでくれればありがたいが、それは神が決めることだからな」

ヴィルヘルミネはどういう意味だと首を傾げた。

だが、問《と》い質《ただ》す前に国王が「今回ここに来たのはな」と話題を変えてしまう。

「そなたの見舞いだけではない。ギュンターの処分について知らせに来た。今回はお前の手柄が大きかったな」

エックハルトと同じ瑠璃色の瞳には、弟に対する純粋な感謝と賛美の念が見て取れた。

だが、ヴィルヘルミネにはわけがわからない。

一体エックハルトは何をしたというのだろう。

国王は説明を続けた。

「捜査の結果、ギュンターは今回姪《めい》と執事の殺人未遂に加え、ハルディン邸の放火他余罪が数多くあった」

やはり静養地の別荘の放火、下請け業者の鋳型の破壊もギュンターの仕業だったのだという。

更に、何人もの貴族を投資詐欺で引っかけ、金を騙《だま》し取っていたそうだから呆れた。

「被害者には高位貴族も多くおり、体裁があるので黙っていてほしいという者が大半だった。それゆえ、詐欺の件では裁けなくなってな」

なるほど、ギュンターにとっては大金でも、金が唸るほどある貴族にとっては、簡単に諦められるだけのはした金だったということか。

なんとも虚《むな》しい事情だった。

「だが、婿入りしたとはいえ、王弟の妻を害しようとしたのは大罪だ。よって、ハルディン家より除籍処分の上、貴族籍も剥奪《はくだつ》。平民に落とした上で終身刑とした」

ということは、ヴィルヘルミネの当主の座はこれで確定したことになる。ハルディン家を継げるだけの血筋の者はもうヴィルヘルミネしかいないからだ。

ヴィルヘルミネはほっとするのと同時に、ほんのちょっとではあるがギュンターを哀れに思った。

「叔父様はご自分が庶子だとご存知でした。誰に聞いたのでしょうか。執事はごく一部の人以外知らなかったはずだと言っていたのに……」

事実を知らなければ非行に走ることもなく、別の生き方があったのではと思ったが、それは違うと感じてエックハルトに目を向ける。

祖父母はギュンターに出生の秘密を明かさず、兄と変わらない愛情を注いでいたと聞いている。

エックハルトも似たような立場だったが、前王妃から愛されたとは思えない。まだ母親が恋しい少年にとっては過酷な状況だっただろう。

なのに、反抗期程度はあっただろうが、決して道を間違わずに生きてきたからだ。

国王がううむと唸って腕を組む。

「うーむ、さすがに私もそこまではわからないな」

その答えは国王ではなくエックハルトが与えてくれた。

「……恐らくだが、物心が付いた当たりで、実の母親からの接触があったのではないか」

ヴィルヘルミネも国王もはっとしてエックハルトを見る。

「ギュンターの実母の生家は財政は火の車だったそうだ。息子に金をせびろうとしたのかもしれない」

「ああ……」

ヴィルヘルミネは溜め息を吐くしかなかった。

もしかすると、ギュンターの初めの借金は実母のためにしたのかもしれない。

その後堕落するばかりだったのは、その実母に裏切られたからではとも思った。

人格が歪《ゆが》められるには十分な理由である。

本人が口を噤《つぐ》んでいる以上憶測しかできないが、エックハルトの言葉には説得力があった。

もしかするとエックハルトは、一歩間違えば自分も道を誤っていたと感じているのだろうか。

だからこそ、ギュンターの心境を慮《おもんぱか》れるのではないか。

しかし、さすがに国王もいるこの場で尋ねるのは躊躇《ためら》われた。

「とにかく」と国王が話を締める。

「ギュンターの処分は以上のようになった」

なお、ルートヴィッヒもいくつかの事件の共犯ということで、やはり裁かれることになったが、禁固十年で済むと聞いて少々ほっとした。

「ローゼン家はどうなるのでしょう」

「分家から養子を迎えるそうだ。本人はつきものが落ちたように、みずからの罪を悔い、今後の人生で償っていきたいと言っているぞ」

模範囚になれば十年が五年、六年に短縮されることもあるらしい。

それを目指し、いずれはヴィルヘルミネに謝りたいとも言っていたのだとか。

「そう、ですか……」

この事件で一番気掛かりだったので、ヴィルヘルミネはほっと胸を撫で下ろした。

ルートヴィッヒは亡き兄デニスの友人でもあったのだから。

兄の魂にどうか牢獄《ろうごく》内で寄り添ってくれるよう祈る。

なお、国王は今回の沙汰の公表は一週間後になると告げた。

「あれこれ噂になるであろうからそれだけは覚悟しておいてほしい」

ヴィルヘルミネとエックハルトは顔を見合わせ、互いにくすりと笑って同じ表情を国王に向けた。

国王が少々驚いたように目を見開く。

「それはもう大丈夫です」

ヴィルヘルミネの言葉にエックハルトが頷く。

「もう噂にはすっかり慣れてしまったからな」

何せ、エックハルトとの結婚からして有り得ない事態の連続で、社交界では格好の噂の的になっていたと聞いている。

今更ギュンターの事件が話題になったところで痛くも痒《かゆ》くもなかった。

国王がふと微笑む。

「お前たちは似合いの夫婦だな」

どうか今後も仲睦《むつ》まじくと言い残して、国王はお忍び用の馬車に乗り込み帰っていった。

「ああ、見送りはいい。目立っては困るからな」

ヴィルヘルミネは窓からその姿を見送り、どうにも納得できずに首を傾げた。

「お忍びで来て話さなければならないほどのことではなかったですよね」

ということは、純粋に見舞いに来てくれたのだろうか。

「……子が無事かどうか気になったのだろうな」

エックハルトがヴィルヘルミネの肩を抱きながら苦笑する。

「生まれたら義姉上ともども駆け付けてきそうだな。当分は騒がしくなりそうだ」

「あ、あの……」

ヴィルヘルミネはおずおずとエックハルトを見上げた。

国王のみならずエックハルトも子が生まれるのを楽しみにしている様子である。

それではエックハルトを待っているであろう、恋人に悪い気がして思い切って切り出した。

「エックハルト様、黒髪の女性の方のもとに行かなくてもよろしいのですか？」

「……」

エックハルトがまたもやなんとも言えない表情になった。

「だから、あいつは恋人ではない」

「えっ……でも……」

「俺に男色の趣味はないぞ」

一瞬何を言われたのかまったくわからなかった。

「え……ええっ!?　あの方は男性だったんですか!?」

まさかの種明かしに絶句するしかない。

「あの男はクラウスと言って、ああ見えて男だ。まあ、それを生かして好んで女装をしているが」

なお、その美女っぷりを生かし、エックハルト付きの間諜《かんちょう》として活躍しているのだという。

「間諜……スパイですか？」

「ああ、そうだ。古今東西男から情報を引き出すには色仕掛けがもっとも手っ取り早いからな」

「色仕掛けって誰に……あっ」

先ほどの国王の一言を思い出す。

『今回はお前の手柄が大きかったな』

「まさか、叔父様に？」

「そうだ。ギュンターの節操のなさは有名だったからな。クラウスが秋波を送ると早速手を出そうとしてきたらしい」

彼は男性だけに男心をよく知っている。

ギュンターは自分を翻弄するクラウスに夢中になり、ドレスだの宝石だのを贈りまくったのだとか。

しかし、一向にキス一つしてくれないクラウスに苛立ち、いい加減手くらい握らせてくれと頻繁に迫っていたのだとか。

「クラウスも中身は立派な成人男子だから、男にキスするなんぞ無理だと泣き、これ以上誤魔化せないと訴えてきた」

　ヴィルヘルミネはそこで以前聞いた美女とエックハルトの会話の内容を思い出した。

『これ以上殿下の役に立てそうにございません』

『何を言っている。お前がいるからこそやっていけるんだぞ。お前にしかできないことだ。頼む。まだ離れないでくれ』

　なるほど、あれはそのまま間諜を続けるか否かを話し合っていたのか。

「なんだったら今度クラウスをここに連れてくるぞ。男だとすぐにわかるはずだ」

「い、いいえ、そこまでは……」

「実はクラウスは来年結婚することになっている。上官の俺にその挨拶に来たいと言っているんだ」

　その相手はもちろん女性だとエックハルトは苦笑した。

「そう、だったんですか……」

　ヴィルヘルミネはキルトのかけられた我が身を見つめた。

　今更だが、素直にエックハルトに不安を打ち明け、あの女性は誰で、どんな関係だと問い質すべきだったのだ。

　エックハルトならちゃんと答えてくれた気がする。

　なのに、そうしなかった——できなかったのは、ひとえに自分の臆病さのせいだった。

この二年でギュンターと戦ううちに、世慣れて図太くなったと感じていたが、今となっては勘違いか錯覚だった気がする。

愛する人に他に思い人がいるのかどうかを、確かめることすら怖かったのだから。

「私……駄目ですね。不安になってきてしまいました……」

果たして今後ハルディン家の当主としてやっていけるのか。

エックハルトが椅子から立ち上がり、ベッドの縁に腰掛けてヴィルヘルミネの頬を撫でた。

「俺がいるだろう」

離婚する気など一切ないし、ヴィルヘルミネが望んでも、一生承諾する気はないと宣言する。

「俺はしつこい男なんだ。一度愛した女は最後まで追い掛ける主義だ。ましてやっと君と結婚できたのに、手放すはずがないだろう」

愛した女とさり気なく告白され、ヴィルヘルミネは頬を染めた。

だがしかし、腑《ふ》に落ちない点がまだいくつもある。

「あ、あの……」

ヴィルヘルミネは首を傾げた。

「やっと結婚できたとおっしゃいましたが、私とエックハルト様はどこかでお会いしたことがありましたか？」

アドリアンとの結婚式前にエックハルトと出会った際、うっすら見覚えがある気がしたのを思い出す。

あの時はカロリーネの義弟なのだから、すれ違うこともあったのだろうと捉えていたが、エックハルトの口調からしてすれ違い以上の接触があったのではないかと感じたのだ。

「やはり覚えていなかったか」

エックハルトは苦笑しヴィルヘルミネの手を取った。

「どなたですかと聞かれた時にはショックだったが……」

エックハルトは「もう何年前だったかな」と目を細めた。

「君はまだ十五、六だったと思う。その頃ちょうど実の母が亡くなったんだ」

ヴィルヘルミネははっとしてエックハルトの瑠璃色の瞳を見上げた。

「公然の秘密だからもう君も知っているかもしれないな。……俺の母は前王妃ではなくメイドだったんだ」

＊＊＊

——エックハルトは少年になるまで自分が王子なのだと知らなかった。

エックハルトの実母は無欲な女で、息子に父親の正体を明かすつもりも、父王に息子の存在を知らせる気もなかったようだ。

エックハルトには『あなたのお父さんは結婚する前に亡くなってしまったの。だけど、立派な人だったわ』と言い聞かせていたのだとか。

エックハルトは母の説明を信じていたが、それ以上に顔を見たこともない父親などどうでもよかった。

貧しくはあるが愛情たっぷりの母のもとで幸福に育ったからだ。

「当時、未婚の母は何かと立場が悪かったし、生まれた子も父なし子と蔑まれる時代だった。だが、俺は世間の悪意などまったく気にすることなく育ったんだ」

エックハルトは懐かしそうに語った。

「母は親の顔も知らない孤児だったそうだ。だからなのか、俺をたった一人の家族だと慈しんでくれた」

暮らしが苦しい中で学校にまで行かせてくれたのだという。

「一生分の愛情をもらったと思う。……望んで生まれた子ではなかっただろうに」

一介のメイドが国王に迫られ拒絶できるはずがない。なのに、母は恨み言一つ零《こぼ》さずエックハルトを産み育てた。

「母は俺を産んだ時、まだたった十七だったと聞いている。……どれだけ不安だっただろうな」

エックハルトは成人したら早く働き、親孝行をするのだと張り切っていた。

そのためにも勉強を頑張らなければならなかった。

肉体労働よりも頭脳や経験、ノウハウが必要な商店の経理や文官などの仕事の方が、ずっと稼ぎが多かったからだ。

ところが、十歳を目前にしてエックハルトの運命は大きく変わることになる。

ある日エックハルトが暮らす街に、宰相が国王代理として視察に訪れた。エックハルトが通っていた塾もその対象だった。

宰相はそこで前国王に瓜二つ《うりふた》のエックハルトを発見してしまったのだ。

それから一ヶ月のち、宰相は再び街にやって来た。エックハルトが王子だと判明したので、前王妃の養子にすべく迎えに来るために。

ちょうど教会学校の帰り道での出来事だった。

いきなり出生の秘密を明かされ、付いてこいと迫られ、幼いエックハルトは『絶対に行かない！』と言い張った。

『俺はずっと母さんと一緒に暮らすんだ！　父王？　誰が俺の父さんだって関係ない！　今まで放ってきておいて何が父親だ！』

だが、宰相は引かなかった。何せ直系の王族である。放っておくわけにはいかなかったのだろう。

『殿下が王宮にいらっしゃれば、お母上に定期的に援助します』

その金額は平民では到底稼げない額だった。母が十分暮らしていけるだけの――。

宰相は「それに」と言葉を続けた。

『これは頼みではなく王命です』

それは遠回しの脅しだった。逆らえば母がどうなるかわからない。

エックハルトは大人しく宰相に付いていくしかなかった。

迎えの馬車の中では更に残酷な命令をされた。

『今後お母上に会うのは控えてください』

『なっ……どうしてだよ！　母さんには俺しかいないんだぞ！』

エックハルトにも家族は母しかいなかった。

『王命です』

今後エックハルトは王妃の実子として王籍に入る。つまり第二王子となるのだ。

その王子が貴族でもない女に会うことなど許されないし、王妃は実母ではないのではと疑われる隙があってはならないと。

『じゃあ、手紙は……手紙くらいは……』

『なりません。万が一誰かの手に渡ったらどうするのですか？』

今朝母はエックハルトに弁当を渡し、「しっかり勉強するのよ」と送り出してくれた。

あの会話が今生の別れになるとは。

『畜生……』

エックハルトは込み上げてくる涙を抑えた。

自分の運命を狂わせた宰相や国王の前では、絶対に涙を流したくはなかったのだ。

代わりに唇を噛み締めると、口の中に血の味が広がった。

泣くものか。負けるものか——。

エックハルトは幼くして心の中でそう誓ったのだ。


エックハルトは王宮に到着するなり、すべての所持品を取り上げられた。

母が塗ってくれたシャツも、ズボンも、下着も、空になった弁当箱も、カバンもだ。

『身分に相応しいお召し物をお召しください。今日からあなたはただのエックハルトではない。エックハルト第二王子殿下なのです』

里心が付いてはいけないとでも考えたのだろうか。宰相は持ち物すべてを捨ててしまった。

さすがのエックハルトもこれにはショックを受けた。母と暮らした証《あかし》をすべて奪われてしまったのだから。

それでも涙を見せるまいとぐっと耐えていると、宰相は続けて「王妃様に会っていただきます」と告げた。

『これからあなた方は母子となります。殿下を引き取ってくださった感謝を忘れないでくださいませ』

頼んでもないのに「引き取ってくださった」とはなんだと、エックハルトはいっそ笑い出したくなった。

ところが、その日は直前に予定が変更され、王妃との面会はなくなった。翌日も、翌々日も、一週間後もだ。

ようやく初対面が実現したのはなんと一ヶ月も先のことだった。

エックハルトはもう会わなくてもいいし、会いたくもないと考えていたのだが、そういうわけにもいかなかったのだろう。

訪問着に着替えさせられ、王族専用の居間に通されると、長椅子に一人の貴婦人が腰掛けていた。

生地と仕立てがいいドレスがよく似合う、気品ある中年の女だった。

若い頃はさぞかし美しかったのだろうと、子どものエックハルトですら想像できる。

だが、その整った顔はわずかだが、目元や口元が醜く歪んでいる。

エックハルトは母の笑顔を思い出した。着古したドレスでも母の方がずっと美しかったと感じた。

『……初めまして。エックハルトと申します。このたびは僕を引き取ってくださってありがとうございます』

宰相に指示されたままに心にもない挨拶をする。

王妃はエックハルトを睨め付けたまま黙り込んでいたが、やがて、『……本当にあの人そっくりね』と唸った。

テーブルのティーカップを手に取り、まだ熱いお茶をエックハルトに放つ。

『……っ』

エックハルトは思わず腕で顔を庇った。腕が熱でたちまち赤くなり腫れ上がる。

『人前以外では私をお母様なんて呼ばないでちょうだい。下層階級の女の息子に母親扱いされるだなんて冗談じゃないわ』

下層階級の女――なるほど、それが王妃から見た母の姿らしい。

エックハルトは怒りで全身が先ほどの茶よりも熱くなるのを感じた。

――俺はなんと言われてもいい。でも、母さんを馬鹿にするなんて……!

『何よその目は』

王妃が忌々しげにエックハルトを睨む。

『文句があるって言うの？』

それまでのエックハルトなら王妃に殴りかかっていただろう。

だが、不興を買えば母に手出しをされるかもしれない。そう思うと感情を剥《む》き出しにすることなどできなかった。

――耐えろ。耐えるんだ。

ぐっと両の拳を握り締める。

爪が食い込んでも痛いとも感じなかった。


それからエックハルトは喜怒哀楽を顔に出さなくなった。

王妃に鬱陶しいと嫌われるからだけではない。宮廷には敵が多すぎたからだ。

ぽっと出のエックハルトの出生を疑う者は多い。逆に擦り寄ってくる者も――。

今まで王子は王太子一人しかおらず、王妃の父親が外戚として周りを固めていたが、エックハルトには後ろ盾がない。

王妃が産んだことにはされているものの、誰の目からも見てもエックハルトを疎んじているので、付け入る隙があると見なされたらしい。

我こそはと名乗りを上げ、王太子に万が一のことがあった際、エックハルトを次期後継者にしようと企《たくら》んだのだ。

はた迷惑どころではなかった。

そんな野心などなかったし、抱いたが最後王妃の機嫌を損ね、故郷の母がどんな目に遭わされるのかわからない。

父王に助けてもらえないかと考えたこともあった。

しかし、父王は王妃を裏切ったことに後ろめたさがあるらしく、エックハルトを避けていたので、頼りにならないと切り捨てた。

エックハルトは誰も信用できず、息を潜めるようにして生きるしかなかった。

あまり優秀でも警戒されるし、出来が悪いと今度は王家の威信を損ねるつもりかと、宰相や臣下たちに責められる。

——十八で成人するのと同時に陸軍に入隊したのは、王族男子は一度は従軍すべしという方針があっただけではない。

エタール王国陸軍は遠征や演習がしょっちゅうあり、国を離れる機会が多かったからだった。煩わしいことの多い宮廷から逃れ、戦争や訓練に身を投じると、嫌なことを忘れることができた。

皮肉にもいくつもの手柄を上げてしまい、王妃にますます疎まれることになったのは誤算だったが——。

それでも、実際で別れた母の顔はいつも脳裏にあった。最後の笑顔をずっと忘れることができなかった。

数年後に父王が亡くなり、王妃が亡くなり、宰相が亡くなり、兄が王位に就いたあとで、やっと「母に会わせてくれ」と頼むことができた。

兄王は戦勝の褒美の名目で八年ぶりの帰郷を許してくれ、同時に「済まなかったな」とエックハルトに謝った。

『王宮はさぞかしお前に息苦しかっただろう。今後も何かと煩わしいことが多いだろうが、できるだけ希望を叶えたいと思っている』

あの身勝手な父親と気性の荒い王妃から生まれながら、兄王は温厚かつ誠実な人物で、エックハルトとは何かと気が合った。

兄というよりは王の臣下という意識だったが、それくらいの距離感がちょうどいいように思えた。

もっとも、兄王の方は何かと距離を詰めたがっていたが。

いずれにせよ、ようやく母に会う機会を得て、エックハルトは喜び勇んで故郷に向かった。

ところが、待っていたのは別れた日と変わらぬ笑顔ではない。教会の片隅に建てられた冷たい墓石だったのだ。

母はエックハルトが訪れる一週間前に亡くなっていた。風邪を拗《こじ》らせて肺炎まで悪化し、呆気《あっけ》なく儚《はかな》くなったのだとか、
教会の神父は母とは旧知の仲だったと教えてくれた。

『毎日ミサに欠かさずいらして、教会の清掃や孤児たちの世話をしてもらいました。〝あの子は元気かしら〟といつも心配していましたよ』

エックハルトの健康と幸福を祈り、「一度でいいから大きくなったあの子を見たい」と漏ら

していたのだという。

エックハルトは呆然と墓石を見つめた。

なんのために我慢していたかとおのれを糾弾する。耐えて、耐えて、たった一人の家族の葬儀にも参列できなかったのかと。

髪を掻き毟《むし》り、地面に突っ伏して慟哭《どうこく》したかったが、宰相に「王族らしく振る舞え」といつも注意されていたせいか、胸の内で荒れ狂う激しい感情を形にすることもできない。

神父は立ち尽くすエックハルトに、「どうぞこれを……」と色鮮やかな何かを手渡した。

——組紐《くみひも》だった。

『お母様が亡くなる直前に託されました。エックハルト殿下が墓参りに来てくれることがあれば、どうかこの組紐を手渡してほしいと』

組紐はこの地域では古くからある習慣で、特に贈られた組紐は特別な意味を持つ。

紐は結ぶものというところから転じて、様々なものと縁を結ぶお守りになるとされているのだ。

赤は結婚、青は健康、白は幸福を意味し、この三色の紐を組んで大切な人に手渡すと、その人は組紐に託されたものをと縁を結ぶことができるのだと言われている。

母が作った組紐は赤、青、白すべての色が使われており、最後まで自分を思いやってくれたのだと胸が痛んだ。

なのに、それでも涙は流れない。

ひどく悲しく虚しい。

エックハルトはぎゅっと組紐を握り締めた。

心の支えだった母を失い、なんのために生きればいいのかわからない――。

決して顔には出さなかったが、エックハルトは空虚な心でそれからの日々を生きていた。

それでも表向き王弟として、陸軍将校としてまともに行動できていたのは、母の形見の組紐があったからだ。

エックハルトは左手首に組紐を巻き、いつも目に入るようにしていた。

だが、人と同じようにものにも寿命がある。

柔らかな糸で編まれた組紐は一年もすると汚れ、いくつかの糸が切れ、数年も経つ頃にはすっかりボロボロになっていた。

この頃、エックハルトには心に決めていたことがあった。

もうじき大陸の西と東の間の大国を倒すため、遠征軍が組織されることになる。

エックハルトももちろん出征する予定だった。

恐らく組紐は戦が終わるまで保たないだろう。これを失えばおのれを縛るものは何もなくなる。

ならば、もう宮廷からは遠ざかりたかった。

事がうまく運んで戦に勝つことがあれば、褒美として辺境の領地を所望するつもりだった。二度と王都に戻らず、そこで骨を埋めればいい。

兄王に今後王子が生まれれば、自分は危険因子でしかなくなるし、王家にとってもちょうどいいだろうと。

結婚する気もなかった。男児が生まれようものなら、また臣下に野心ある者を生み、王家を混乱させてしまうに違いないからだ。

なのに――。


いよいよ遠征が間近に迫った頃、エックハルトは王宮での壮行会に招かれた。

久々の正装は肩が凝るし、媚《こ》びてくる連中にもうんざりする。

酒も美味《うま》いとは思えない。

招待された陸軍幹部は皆酔っ払ってできあがり、もう他人の行動などどうでもいいようだった。

ならばと席を抜け出す。

『おや、殿下どちらへ？』

『夜風に当たりに行く』

『なるほど、なるほど。そういえば私も飲み過ぎましたなあ……。おい、メイド、水をくれ』

食堂に背を向けて向かった先は王族専用の居間だった。

前王妃と初めて会った場所で、あまりいい思い出はないが、それでも王宮ではこの部屋が一番好きである。

バルコニーから夜空がよく見えるからだ。

今夜は満月で、月光が静まり返った庭園をあまねく照らし出している。

柵に手を掛けて闇色の空を見上げると、ほんの少しだけ心が自由になった気がした。

開放感に大きく背を伸ばす。すると、左手首の撒《ま》いた組紐がブツリと音を立てた。

はっとして思わず目を落とす。

組紐は無惨に真っ二つに切れてしまっていた。

『……そうか。寿命か』

強度が落ちていただけではない。どの紐も色褪《いろあ》せてかつての面影はない。

いつかこの日が来ると覚悟していたはずなのに、胸に押し寄せる寂しさにぐっと組紐を握り締める。

背後から声を掛けられなければ、夜通しその場に立ち尽くしていたかもしれない。

『あの……誰かいるんですか？』

鈴を転がしたように高く甘い、優しい若い女性の声だった。

思わず振り返り息を呑む。

窓から差し込む月光に照らし出された姿は、あまりに美しく愛らしく幻想的で、一瞬、月の精霊が人の姿を取って現れたのではないかと錯覚したからだ。

腰まで波打つ黄金の巻き毛が煌めいていて、同じ色の濃く長い睫毛《まつげ》は春らしい若草色の瞳を縁取っている。

まだ十五、六歳ほどの娘だった。

花弁を思わせる薄紅色の唇が開いて、「どなたですか?」と尋ねられ、まだ彼女は自分を知らないのだと気付く。

水色のすっきりしたデザインのドレスからして、恐らく入ったばかりの新人の侍女だろう。

遠征に演習にとしょっちゅう王宮を留守にしているので、顔を知らなくてもおかしくはなかった。

ふと、このまま王弟でも王族でもない、ただのエックハルトして向き合いたい――そんな馬鹿げた思いが脳裏を過る。

『ああ、失礼した。俺は陛下の側近だ。忘れ物を取りに来たんだ』

『まあ、そうですか。私もなんです』

おっとりと心優しい娘なのだろう。はにかんだ微笑みがなんとも純粋で愛らしい。

『君の忘れ物はなんだ?』

『はい。裁縫《さいほう》セットの一部です。昼にここで王妃様と趣味の刺繍をしていたんです』

中央に設置された長椅子に目を向けると、肘掛け近くに小さな籠が置かれていた。色とりどりの糸や針が詰め込まれている。

『これか？』

拾い上げて手渡すと、娘は先ほどと同じ柔らかな微笑みを浮かべた。

『ありがとうございます。閣下の忘れ物はもう見つかりましたか？』

『ああ』

『あっ、もしかしてその紐ですか？』

はっとして右手を見下ろすと、組紐の端が握り締めた指の間から見え隠れしている。

『わあ、綺麗《きれい》ですね。あっ、これは組紐ですか？』

組紐の習慣がある地域はエタールでは少ないので驚く。

『知っているのか？』

『はい。祖母がマンフレート出身なんです。閣下もですか？』

マンフレートはエックハルトの故郷でもあった。

『ああ、そうだ。母が作ってくれたものだ』

『まあ……そうだったんですか……』

娘は気の毒そうに組紐を見つめていたが、やがてそうだとばかりに可愛らしい美貌を輝かせた。

『閣下、それではお礼にその組紐を直させてもらえませんか?』

『直す?』

思いがけない申し出に目を瞬かせる。

『はい。祖母に組み方を教えてもらったことがあるんです。ほら、糸もたくさんありますから』

王妃にこの居間を使う許可をもらっているし、すぐに直すから問題ないだろう――娘はそう笑って長椅子に腰を下ろした。

エックハルトは躊躇していたのだが、「どうぞ」と勧められたのでその隣に腰を下ろす。

娘は籠の中から赤、白、青の糸を取り出し、一旦解いた組紐の糸にそれらを交ぜ込んでいった。

魔法を見ている気分だった。

千切れた箇所が細い糸で繋がれ、やがて一本の太い紐となっていく。

『……見事なものだな』

感嘆の声を上げると娘は照れ臭そうに頬を染めた。

『ありがとうございます。こうした手芸や裁縫が好きで』

娘は自分も祖母に組紐をもらったのだと教えてくれた。

『生まれた時幸せになれるようにって……』

家族に囲まれ、愛されて育ったのだろう。

娘の微笑みはどこまでも優しかった。

『でも、やっぱり小さな頃に一度切れちゃって。大切なものだったから自分で直そうと思ったんです』

それが手芸にハマるきっかけだったのだという。

『初めて千切れた時はどうしようかと慌てましたけど、自分でできるとわかったらもう怖くなくなりました』

娘は再び春風が吹いてきそうな柔らかな微笑みを浮かべた。

『だって、何度だってやり直せばいいんですよね』

——何度だってやり直せる。

その一言はエックハルトの心の古傷にゆっくり染み込んでいった。

『……君は本当にそう思うのか？』

『はい、思います。人生は組紐のようなものですよね』

いくつもの縁が絡まり合い、一つの人生を形作っていく。

『切れたらまた結び直せばいいだけ。そこから人生はもう一度続いていくんです。……これはお祖母様の受け売りなんですけどね』

娘が「よし、できあがり！」と顔を輝かせる。

『どうぞ。結構うまくできたでしょう？』

結構うまくどころではない。糸が足された組紐は以前より強度が増し、彩りもよくなっていた。

『……ありがとう。ぜひ礼をしたい。名を教えてもらえないか』

『ハルディン家のヴィルヘルミネです』

ハルディン家には聞き覚えがあった。貴族としてはまた二百年程度の歴史しかないが、事業が成功し裕福な一族だと名高い。

兄王を説得すればなんとか結婚を認めてくれるのではないか――気が早くもそう考えていると、ヴィルヘルミネが針や糸を片付けながら、弾んだ声で将来について語り始めた。

『私も将来子どもが生まれたら、子どもに組紐を編んであげたいなって』

『子ども？』

『はい。私、二年後結婚する予定なんです』

ヴィルヘルミネには婚約者がおり、成人し次第、侍女の職を辞し、嫁ぐのだという。

エックハルトは天国から地獄に突き通された気分だったが、一般的な令嬢は子どもの頃に婚約が決まることが多い。

だが、エックハルトはがっかりしただけではなかった。

——俺はまだ未来に期待しているらしい。

もう何も欲するものはないと思い込んでいたが、愛や、夢や、幸福や、明るいものに目を向ける力が残されていると気付いたからだ。

これもヴィルヘルミネのおかげだった。

『そうか。きっと可愛い子が生まれるだろうな』

『ありがとうございます。閣下にも婚約者の方がいらっしゃるでしょう？』

ヴィルヘルミネは結婚する時には、組紐を編むのでぜひ受け取ってくれと申し出た。

『お名前を教えてくださいませんか』

『……いいや、名乗るほどの者ではない』

切なさを顔に出さないようにと心がける。宰相がこの鉄仮面っぷりを鍛えてくれたことに、感謝する日が来るとは思わなかったと苦笑するしかなかった。

＊＊＊

ヴィルヘルミネは呆然とエックハルトの瑠璃色の瞳を見上げた。

「そっ……そんなことが……あっ……」

ヴィルヘルミネは記憶を辿《たど》り、ぼんやりとしたその一部をようやく思い出した。

「そういえば……」

道理で組紐にもエックハルトにも、見覚えがあるはずだったとようやく合点が行った。

「もっ、申し訳ございません！　わ、私気付かなくて……！　あの後、お父様たちが亡くなってそれどころじゃなくなっていたから……」

親切心で裂けたりボタンの取れた人の服を繕ったり、刺繍を直したりすることもしょっちゅうだったからか。

また、異性にそれほど興味がなかったことも大きかったかもしれない。

エックハルトは左手首の組紐を見せながら笑った。

「あの時はそれでよかったんだ。いずれ結婚する令嬢に横恋慕しただけじゃない。未練がましい男だなんて思われたくなかったからな」

エックハルトはその後遠征に行き、見事勝利を収めて王都に帰還。

ヴィルヘルミネとの出会いから数年が過ぎていたので、もうとっくに結婚したものだと思い込んでいたのだという。

ところが、通りすがりの教会前で馬に水を飲ませていたところ、花婿らしき男性が中年女性と手に手を取って飛び出してきただけではない。

「この手紙を控え室の花嫁に渡してくれ」と封筒を押し付けられたので面食らった。

更に、封筒に「ヴィルヘルミネとハルディン家の皆様へのお詫《わ》び状」と書かれていたので仰天したのだという。

ひとまず頼まれ事を果たすため、高鳴る心臓を押さえてヴィルヘルミネに面会したところ、花嫁姿があまりに眩《まぶ》しく息を呑んでしまったと。

その後事情を聞き運命を感じたとも語った。

「君には悪いが組紐が縁を結んでくれた……そう思った」

「わ、たし……」

ヴィルヘルミネはぐすりと鼻を啜《すす》った。

「ごめんなさい。わ、私すっかり可愛くなくなってしまって……。せっかくその時好きになってくれたのに……」

昔に戻りたいとは思えないが、捻《ひね》くれた自覚があるのでますます落ち込む。

「ミーネ、俺を見てくれ」

エックハルトはヴィルヘルミネの若草色の瞳を見下ろした。

「俺は君と結婚してますます君が愛《いと》おしくなったよ」

たった十九のみそらで家を支えようとして、歯を食い縛って頑張るその眼差しにも魅せられたのだと。

「母もきっとこんな風に生きたのだろうと思えた。そして今、君のそばにいて支えられる——それが許されることが心から幸せだ」

「エックハルト様……」

エックハルトはヴィルヘルミネの涙を吸い上げ、わずかに開いた薄紅色の唇に口付けた。

ヴィルヘルミネは嗚咽《おえつ》を堪えながら笑った。

「子どもが生まれたら組紐を編まなくちゃ……」

「ああ、そうだな。これから何本必要になるだろうな」

「……もう。何人作るつもりですか」

ヴィルヘルミネとしては一ダースでも問題なかった。

エックハルトは自分の額をヴィルヘルミネのそれにコツンと当てた。

「この子が生まれてくるのが楽しみだな」

「……ええ」

「二人で名前を考えよう」

二人で、というところにエックハルトの優しさを改めて感じた。

エピローグ

今日は長男ジークフリートが生まれて五年目。

ちなみに、来月には双子の兄弟、ディートハルトとコルネリウスの三歳の誕生日が控えている。

今日は家を上げての誕生祭で、庭園の東屋《あずまや》の真ん中にはテーブルが置かれ、色とりどりの料理がところ狭しと並べられている。

開放感あるパーティーに、ジークフリートだけではなく、子どもたち全員が大喜びだった。

なお、はしゃいでいるのは子どもたちだけではない。

密《ひそ》かに招待されている国王と王妃もだった。

「おお、ディートハルトとコルネリウスも大きくなったなあ！　ささ、伯父様の膝に座っておくれ」

「あら、伯母様の膝の上よ」

子どもたちの歓心をなんとか買おうとしているのが微笑ましい。

子どもたちの中でいずれ一人を引き取りたいと考えているからだろう。

——エックハルトの兄である現国王は、もう病で子を作れないのだという。

二人いる王女はすでに婚約しており、他国に嫁がせる予定なので、このままでは王家の血が途絶えてしまう。

そこで、王位継承権のあるエックハルトの息子を養子にほしいと申し出てきたのだ。

もちろん、今すぐにとは言わないし、子どもたちの意思を尊重するので、成人してから話し合いたいとも。

『お前が苦労したのを知っているからな』

以前国王はそう言っていた。

『あの時は何もできずに済まなかった』

そうエックハルトに謝りもしたのだという。

ヴィルヘルミネとエックハルトも、養子の件については承知していた。

ジークフリートは両親と優しい伯父伯母、付き合いのある貴族たちに山ほどプレゼントをもらい、思い切り甘やかされて嬉しそうだ。

子どもたちの幸福そうな顔を見ると、ヴィルヘルミネも幸福になる。

——天国のお父様、お母様、お兄様も見てくれているかしら。

「ああ、きっと見ているさ」

隣の席のエックハルトに心を読まれ、耳元でそう囁かれたので驚く。

ヴィルヘルミネが振り向くと、エックハルトは満面の笑みを浮かべた。

「それから、俺の母も」

「ええ、そうですね」

ヴィルミネも同じ笑顔をエックハルトに返した。

「今度皆でお義母様のお墓参りに行きましょう。この子たちのお祖母様ですから」

「お祖母様か……」

エックハルトは瞼を閉じた。

記憶の中の母の微笑みを思い出しているのだろうか。

「そう呼ばれたらきっと喜んでいただろうな」

エックハルトが最後に見た母の顔は、まだ三十歳頃だったはず。

その若さを哀れんでいるのだろう。

ヴィルヘルミネはそっとエックハルトの手にみずからのそれを重ねた。

「私たちは、お爺《じい》さんとお婆《ばあ》さんになるまでずっと一緒にいましょうね」

エックハルトは目を細めてヴィルヘルミネを見つめる。

「……ああ、そうだな」

その願いはきっと叶うはずだと今なら思えた。

その日の夜は日中の喧噪《けんそう》が嘘のように静まり返っていた。

子どもたちは皆疲れてぐっすり眠っているようだ。

客間の国王と王妃ももう夢の中だろう。

しかし、ヴィルヘルミネとエックハルトはまだ目が冴《さ》えて眠れずにいた。

ヴィルヘルミネはエックハルトの胸に頬を寄せた。

「幸福すぎると眠れなくなるなんて知りませんでした」

「俺もだ」

家族が増えるごとに幸福は二倍、三倍に増えていき、何気ない日々が素晴らしく幸福になって行く。

「エックハルト様」

ヴィルヘルミネはエックハルトの寝間着をツンツンと引っ張った。

「……今度は女の子がほしいです」

エックハルトはふと微笑むと、ヴィルヘルミネを深く抱き締めた。

「俺も同じことを考えていた」

今夜の瑠璃色の眼差しはどこか優しい。

エックハルトはヴィルヘルミネを抱き締めながら、「新婚の頃を思い出した」と微笑んだ。

「ミーネ、君はどうだ」

妻の体をそっとベッドに横たえ目を覗き込む。

「……私もです」

ヴィルヘルミネがそう答えると、エックハルトは触れ合うだけの口付けを一つ落とした。時折髪を撫でながら寝間着のボタンを一つずつ外していく。

エックハルトはベッドの中では激情家で、性急に剥《は》ぎ取られることが多いのだが、今夜は落ち着きのある手つきだった。

今夜は満月が煌々と輝いていて、窓から冴《さ》え冴《ざ》えとした月光が差し込んできている。その光が露《あら》わになったヴィルヘルミネの肌を照らし出した。

寝間着から解放された肢体は、これから始まる感応の一時への期待に興奮しているのか、すでに肌が薄紅色に色付いている。

子を三人も産んでいるのに、若々しさを失わず、それでいてより蠱惑的《こわくてき》になった肉体だった。

「んっ……」

エックハルトはヴィルヘルミネに再び口付けた。やはり触れるような優しいキスだ。そのキスが次第に淫らなものになっていく。

エックハルトはヴィルヘルミネの唇を軽く食《は》んだ。

「ひゃっ……」

続いて舌先で輪郭をなぞる。ヴィルヘルミネがくすぐったさに唇を開くと、今度は深く口付けて呼吸を奪った。

「ん……ふ……」

欲望で熱っされた舌が真珠色の歯の間から滑り込む。

「ん……あんっ」

気が付くとヴィルヘルミネも舌を差し出していた。ぐちゅぐちゅと嫌らしい音を立てて舌が絡み合う。

互いの唾液と呼吸が混じり合い、もうどちらのものかわからない。蜂蜜のように甘く、媚薬《びやく》のように頭の芯がクラクラとする。

「……ん、ふ」

興奮に心臓が早鐘を打っている。乳房が小刻みに揺れるほど大きな鼓動だ。

更に大きな手で両乳を覆われた時には、ドクンと大きく跳ね上がってしまった。

エックハルトはそんなヴィルヘルミネの反応を知っているのかいないのか、パンと張った豊かな膨らみに巧みに刺激を加えた。

「あ……ン」

包み込むように触れたかと思うと、下乳の輪郭に手を這わせる。続いて全体をぐっと掴んでゆさゆさと左右に揺さぶった。

「近頃ドレスがきつそうだが、やはり大きくなっているようだな」

「ふ、太ったんです……」

ヴィルヘルミネは熱い息を吐き出しながら、やっとの思いでそう答えた。

大きくなったのは事実なのだが、エックハルトに指摘されるとどうにも恥ずかしい。

エックハルトは「そうは見えないな」と笑い、下乳をぐっと持ち上げてひしゃげさせた。

「ひゃんっ」

「やはりそうだ。もう俺の手には収まりきらない」

「も、もう、止めてください……」

羞恥心からつい目を逸らす。

だが、間もなく襲ってきた強い刺激に息を呑み、再び視線をエックハルトに向けざるを得なくなった。

「あっ……」

エックハルトの親指がピンと立っていた乳首を潰している。

薄紅色のそれが柔肉にめり込む様を目の当たりにして、ヴィルヘルミネの喉の奥から「あ、あ、あ」と言葉にならない声が吐き出された。

続けざまに今度は両の乳首を同時にキュッと捻られ、視界に白い火花が散って背筋がガクガクと痙攣《けいれん》する。

「君は相変わらずここが弱いな」

エックハルトは楽しげに呟いたかと思うと、今度は激しい動悸《どうき》に上下している右の乳房にむしゃぶりついた。

「ひゃっ」

軽く歯を立てられて絶句する。

もう三人の子に乳を飲ませているはずなのに、エックハルトから与えられる刺激は、赤ん坊のそれとはまったく違っていた。

ちゅうちゅうと音を立てて吸い上げられるたびに、足の爪先がピンと引き攣《つ》って、子宮に甘く切ない疼痛《とうつう》が走る。蜜が滾々《こんこん》と湧き出て黄金色の和毛《にこげ》を濡《ぬ》らす。

「あっ……ひっ……やぁっ」

息をひっきりなしに吐き出しているので、酸素不足に陥りそうだ。

耐え切れずに背を仰《の》け反《ぞ》らせ、白い喉を曝け出す。すると今度はその喉元を責められてしまった。

「あっ……」

歯を立てられたのか軽い痛みが走る。

エックハルトはヴィルヘルミネの肌を味わいながら、首筋や鎖骨、胸元を時折強く吸い上げた。

「ひいっ……」

白い肌に赤い印が刻み込まれていく。

一部のキスマークはかなり際どいところにつけられていて、ドレスや化粧で隠せるのかと不安になった。

だが、そんな思いもエックハルトに征服され、所有され、されるがままになる被虐感に置き換えられていった。

丹念な前戯でヴィルヘルミネの肉体が十分蕩《とろ》けたことを察したのだろうか。

エックハルトはガウンを脱ぎ捨て、裸身を曝け出したかと思うと、ヴィルヘルミネの足をぐっと掴んだ。

先ほどまでの丁寧な動きから一転して、強引に荒々しく開いた脚の間に、ぐいと顔を割り込ませる。

「なっ……」

ヴィルヘルミネが目を見開く間に、エックハルトは舌で黄金色の和毛を掻《か》き分《わ》け、すでに濡れていた花心を舌で舐《ねぶ》った。

「んあっ……」

ヴィルヘルミネの細い背が再び仰け反る。

「あ……あふっ。あっ……ふあぁ……」

舌先でぐりぐりと皮を剥《む》かれ、敏感な内部を食まれ、腰がビクビクと痙攣する。

「あ、あ、あ……」

上の口からは熱い息が、下の口からはとろりと濃い蜜がひっきりなしに漏れ出る。

エックハルトはその蜜をずずっと啜り、代わりに自身の唾液を擦り付けた。

「ふ、あっ……」

ぐちゅぐちゅと粘ついた音がして耳を塞ぎたくなるが、もう手に力が入らずそれも叶わない。

首を弱々しく横に振ることしかできない。若草色の瞳はもう涙で濡れていた。

「え、っくはると様ぁ……駄目……汚い……」

泣き声に近い喘《あえ》ぎ声での哀願は、エックハルトの情欲を更に呷っただけだった。

「汚いものか。子どもたちが生まれたところだぞ」

やめてもらうどころか、今度は花心を強く吸い上げられてしまう。

「ひいっ……」

腹の奥から脳髄に掛けてビリビリと痺《しび》れが走り、視界が一瞬雷に打たれたように真っ白になる。同時に、熱い何かが子宮から隘路《あいろ》を辿り、どっと何かが溢《あふ》れ出るのを感じた。

失禁したのかと慄《おのの》く。

するとエックハルトが細腰を抱えながら、「もう達《い》ったようだな」と呟いた。

「だが、まだまだこれからだ」

ヴィルヘルミネの体を反転させて俯《うつぶ》せにさせ、更にぐっと腰を力尽くで持ち上げ、いきり立った肉棒をびしょびしょに濡れた蜜口に宛がう。

「ミーネ……」

エックハルトはヴィルヘルミネを呼びながら、ぐぐっと腰を突き出した。

「ああっ……」

ぐちゅっと音がしたかと思うと、隘路の半ばまでが脈打つ肉棒でみっしりと埋められる。

背後からの行為だと目に見えないからなのか、触感でエックハルトの分身の存在感をより一層思い知ってしまう。

「あ、あっ……」

エックハルトはそこから先は徐々に、徐々に腰を進めてきた。

ゆっくりとした動きで肉棒の大きさ、硬さ、熱さを否《いや》が応《おう》でも思い知らされる。

ヴィルヘルミネは固く目を閉じ、はっはっはっと息を吐き出して、ひたすら内臓を押し上げられる感覚に耐えた。

「ああっ……！」

先端がついに最奥に到達する。貪欲な肉棒は更に奥へ、奥へと進もうとし、そのたびにヴィルヘルミネはまた荒い息を吐き出した。

若草色の瞳は視点が曖昧になっており、開きっぱなしの唇の端からは唾液がだらしなく落ちている。

「……ミーネ、まだだ」

エックハルトは雄の証で弱い箇所をぐりぐりと続けざまに抉《えぐ》った。

「う……あああっ……」

「いつもいつも……君はこんなに可愛いと思い知らされる」

目からは涙の、下の口からは蜜の雫《しずく》が滲《にじ》み、零れ落ちシーツにシミを作る。

エックハルトはそれでもまだ足りないとばかりに、泣き濡れるヴィルヘルミネの腰を引き寄せた。

「……っ」

「ヴィルヘルミネ、俺の名を呼んでくれ」

とてもではないがヴィルヘルミネには無理だった。喘いでばかりだったのですっかり声が嗄《か》れてしまっている。

「なら、呼ばせるまでだ」

エックハルトはそう宣言し、一層腰を激しく動かし始めた。

「あっ……あっ……」

肉と肉がパンとぶつかるごとに、ヴィルヘルミネの体が前後に揺さぶられ、合わせて垂れ下がった乳房も揺れる。

　エックハルトの視線に晒《さら》されている細い背は、絶え間なく与えられる快感にうっすらと汗が浮き、ほんのり薄紅色に染まっていた。

「え、っくはると、さまぁ……わ、たし、もう……」

「やっと俺の名を呼んでくれたな」

　エックハルトは優しくなるどころか、更に動きを激しくしておのれの情熱を叩《たた》き付けていた。

「ひいっ……」

　これがエックハルトの愛なのだと思うと、その激しさに慄いて息が止まりそうになる。

　だが、受け止められるのは自分だけなのだと思うと、歓喜が快感とともに腹の奥からせり上がってきた。

「君を、愛している」

　ヴィルヘルミネは私もですと応えようとしたのだが、その前に突かれるので美味く言葉にできない。代わりに、繋がる箇所からぐちゅぐちゅと音がした。

「ああっ……」

　エックハルトの汗の落ちた華奢《きゃしゃ》な背が、再び弓なりに仰け反る。

「あっ……エックハルト様ぁ……あっ」

　いやいやと首を横に振ったが、そんなことでエックハルトを止められるはずがない。

次の瞬間、子宮に熱い飛沫《しぶき》を浴びせかけられ、ヴィルヘルミネは甘い悲鳴を上げた。

「ひいっ……」

体の奥を劣情で焼かれる感覚は、何度体験しても慣れることはない。

「わ、たし……もうっ……」

エックハルトが快感に顔を歪めながら「……まだだ」と呻《うめ》く。

「もっと君がほしい」

その夜ヴィルヘルミネは繋がりを解かれることもなく、何度もエックハルトの欲望を受け止める羽目になった。

覚えているものはエックハルトの熱い吐息、おのれを解き放つ際低く呻く声と、体内をみっちり埋められる彼の分身――そして、自分たちはもう二度と離れないのだという確信だった。


それからどれだけの時が過ぎたのだろうか。

ヴィルヘルミネは深夜ふと目を覚ました。

隣ではエックハルトがすやすやと眠っている。

その手首にはいつか直したあの組紐が結ばれていた。

今はエックハルトや子どもたちだけではない。ヴィルヘルミネの左手首にも新たに組紐が巻かれている。

エックハルトが以前結婚記念日に贈ってくれたものだ。なんと、数ヶ月掛けて失敗を繰り返してようやく完成させたのだという。

手仕事が苦手なエックハルトが、頑張って結ってくれたのだと思うと、どれほど大きいダイヤモンドとも引き換えられない。

そして、これからこの組紐が一生外されることはないのだと思うと、ヴィルヘルミネの胸は更なる幸福に満たされるのだった。

あとがき

はじめまして、あるいはこんにちは。東 万里央です。

このたびは「出会ったその日に0日婚⁉　捨てられ令嬢は軍人王子の溺愛花嫁」をお手に取っていただき、まことにありがとうございます。

婿入りものは他の出版社の作品を含めてこれで三作目でしょうか？

結構好きなテーマだったりします。

ただ、他の二作のヒロインは初めから跡取りとして育てられ、教育を受けてもいたし、覚悟もできていた。

が、ヴィルヘルミネは違うんですよね。

口喧嘩すらしたことのないおっとりしたお嬢さんだったんです。

このプロットをどうやって思い付いたかというと、ずっと昔の記憶からの着想です。

私がまだ学生時代、小さなスーパーでバイトをしていた頃のことです。

そこの店長がある事情から当分店に出られなくなってしまい、急遽別の社員さんが店長代理になったことがありました。

初めは「経験がないので無理です！」と訴えていたようなのですが、他にやれる人がいないとのことで結局彼女が頑張ることに。

そこからがすごかった。

初めこそ慣れなかったのか、困っていることが多かったのが、たった半年でみるみる頼もしく。

発注、在庫管理、仕入れ計画、取引先の対応、接客もクレーム対応もなんでもござれのスーパー店長代理に。

その後店長が帰ってきて数年後異動すると、彼女が店長になったとのちに聞きました。

逆境は人を成長させるのだと感動したこの体験をもとに今回の「出会ったその日に0日婚⁉捨てられ令嬢は軍人王子の溺愛花嫁」を執筆しました。

店長代理は当時まだ二十代だったと思うのですが、何人ものパートやバイトを率いて店舗運営をするのは大変だったと思います。

毎日最後まで残って業務をしていたその人の姿を、もう何年も経った今もよく覚えております。

すでにその店舗はなくなってしまっているのですが、彼女が別の場所で活躍していることを祈っております。

最後に担当編集者様。適切な助言をありがとうございました。おかげさまでなんとか仕上げることができました！

表紙と挿絵を描いてくださったサマミヤアカザ先生。硬派なエックハルトと可愛いヴィルヘルミネをありがとうございます。

また、デザイナー様、校正様他、この作品を出版するにあたり、お世話になったすべての皆様に御礼申し上げます。

それにしても、もう一年の三分の一が過ぎようとしている……。

光陰矢のごとし。時間は大切にして過ごしていきたいですね。

それでは、またいつかどこかでお会いできますように！

東　万里央

蜜猫F文庫をお買い上げいただきありがとうございます。
この作品を読んでのご意見・ご感想をお聞かせください。
あて先は下記の通りです。

〒102-0075 東京都千代田区三番町8番地1 三番町東急ビル6F
(株)竹書房　蜜猫F文庫編集部
東 万里央先生 / サマミヤアカザ先生

出会ったその日に0日婚!?
捨てられ令嬢は軍人王子の溺愛花嫁

2025年3月29日　初版第1刷発行

著　者　東 万里央　©AZUMA Mario 2025
発行所　株式会社竹書房
〒102-0075
東京都千代田区三番町8番地1 三番町東急ビル6F
email : info@takeshobo.co.jp
https://www.takeshobo.co.jp
デザイン　antenna
印刷所　中央精版印刷株式会社

天敵の美貌宰相と
強制密着!?
不本意なのに溺愛されています
ちろりん
Illustration 旭炬
俺が君のところに押しかけるよ
政策担当官の伯爵令嬢リズは、腹の内が読めない美貌の宰相ジュリアスが苦手。ある日、その彼と魔道具事故で二歩以上離れられなくなってしまった。解除条件は『性交』と言われ恋愛結婚を夢見るリズは大混乱。一方彼は「俺はきみを口説くよ。好きになってもらって結婚もする」と甘くリズを言葉と身体で口説きはじめる。次第に彼の誠実さを知り惹かれるリズ。魔道具の威力が増し更に距離が縮まり、ついにリズは覚悟を決めて!?
蜜猫F文庫

Take-Shobo
Publishing Co,.Ltd.